T0203290

La muerte de Jesús

La muerte de Jesús

J. M. COETZEE

Traducción de
Elena Marengo

ELHILODARIADNA

LITERATURA RANDOM HOUSE

Papel certificado por el Forest Stewardship Council®

MIXTO
Papel procedente de
fuentes responsables
FSC® C117695

Título original: *The Death of Jesus*

Primera edición: mayo de 2019

© 2019, J.M. Coetzee
Publicado por acuerdo con Peter Lampack Agency, Inc.
350 Fifth Avenue, Suite 5300, New York, NY 10176-0187, USA
© 2019, El Hilo de Ariadna, Buenos Aires
© 2019, Penguin Random House Grupo Editorial, S. A., Buenos Aires
© 2019, Penguin Random House Grupo Editorial, S. A. U., Barcelona
© 2019, Elena Marengo, por la traducción

Printed in Spain – Impreso en España

ISBN: 978-84-397-3577-9
Depósito legal: B-2.318-2019

Compuesto en La Nueva Edimac, S. L.
Impreso en Egedsa (Sabadell, Barcelona)

R H 3 5 7 7 9

EL HILO ÐARIADNA

Penguin
Random House
Grupo Editorial

1

Es una fría y despejada tarde de otoño. Él observa un partido de fútbol que se desarrolla en el terreno verde que hay detrás del edificio de departamentos. Habitualmente es el único espectador de esos partidos que juegan los niños vecinos, pero hoy dos personas desconocidas se han puesto también a mirar: un hombre vestido con un traje oscuro y una muchacha con uniforme escolar.

La pelota traza una curva y cae en la punta izquierda, donde juega David. El niño se adueña de la pelota, esquiva sin esfuerzo al defensor que sale para marcarlo y eleva la pelota hacia el centro. El tiro desborda a todos, desborda al arquero y cruza la línea de gol.

En esos partidos que se juegan durante la semana no hay verdaderos equipos. Los chicos se agrupan como les parece; unos llegan, otros se van. A veces hay treinta en la cancha; otras veces, cinco o seis. Hace tres años, cuando David se unió al grupo, era el más pequeño en edad y en tamaño. Ahora está entre los más grandes; muy ágil y hábil con los pies pese a su estatura, pícaro además de veloz.

En el partido se produce una pausa. Los dos desconocidos se acercan a él; el perro que dormita a sus pies se despierta y levanta la cabeza.

—Buen día —dice el hombre—. ¿Cómo se llaman los equipos?

—Solo es un partido improvisado entre los niños del vecindario.

—No son malos. ¿Usted es el padre de alguno?

¿Lo es? ¿Vale la pena explicar exactamente quién es?

—Ese que está ahí es mi hijo. David. El chico de pelo oscuro.

El desconocido observa a David, ese chico de pelo oscuro que se pasea con aire abstraído sin prestar demasiada atención al partido.

—¿No han pensado en organizar un equipo? —dice el hombre—. Permítame presentarme. Mi nombre es Julio Fabricante. Ella es María Prudencia. Somos de Las Manos. ¿No ha oído el nombre? Es el orfanato que está al otro lado del río.

—Simón —se presenta él.

Le estrecha la mano al hombre del orfanato y saluda a María Prudencia con una inclinación de cabeza. Calcula que ella tendrá unos catorce años; maciza, con cejas gruesas y un busto ya desarrollado.

—Se lo pregunto porque nos gustaría recibirlos como equipo invitado. Tenemos una cancha bien trazada y demarcada, y arcos armados como se debe.

—Me parece que los niños se conforman con jugar.

—Nadie se perfecciona si no compite —dice Julio.

—De acuerdo. Pero formar un equipo implicaría elegir once y excluir al resto, y eso estaría en contra de la ética que se han dado. Así lo veo yo. Tal vez me equivoque. Tal vez les guste competir y perfeccionarse. Pregúnteles.

David lleva la pelota con los pies. Amaga a la izquierda y se lanza a la derecha con tal destreza que el defensor queda paralizado. Luego, pasa el balón a un compañero y se queda observando cuando este remata con un torpe globo que va a parar a las manos del arquero.

—Es muy bueno, su hijo —dice Julio—. Un dotado.

—Tiene una ventaja sobre sus compañeros. Practica danza y tiene por eso mucho equilibrio. Si los otros chicos tomaran clases de danza serían tan buenos como él.

—¿Oíste, María? —dice Julio—. Quizá tengas que imitar a David y tomar clases de danza.

María mira hacia adelante sin desviar la vista.

—María Prudencia juega al fútbol —dice Julio—. Es uno de los baluartes de nuestro equipo.

Se está poniendo el sol. Pronto el dueño de la pelota se la va a llevar («Tengo que irme») y todos volverán a casa.

—Sé que usted no es su entrenador —dice Julio—. También me doy cuenta de que no es partidario del deporte organizado. Sin embargo, por los chicos, piénselo. Le doy mi tarjeta. Puede ser que disfruten de jugar en equipo contra otro equipo. Fue un placer conocerlo.

«Dr. Julio Fabricante, Educador —dice la tarjeta—. Orfanato Las Manos, Estrella 4.»

—Vamos, Bolívar —dice él—. Es hora de volver a casa.

El perro se levanta con esfuerzo y despide un pedo maloliente.

Durante la cena, David pregunta:

—¿Quién era ese hombre con quien hablabas?

—El Dr. Julio Fabricante. Esta es su tarjeta. Es de un orfanato. Propone que ustedes formen un equipo para jugar contra el del orfanato.

Inés observa la tarjeta.

—Educador —dice—. ¿Qué significa?

—Es una palabra presuntuosa para decir maestro.

Cuando él llega al terreno de juego al día siguiente, el Dr. Fabricante ya está allí hablándoles a los niños reunidos a su alrededor.

—Pueden elegir un nombre para el equipo. Y también el color de la camiseta.

—Los Gatos —dice uno.

—Las Panteras —dice otro.

Los chicos, que parecen entusiasmados con la propuesta del Dr. Julio, se deciden por Las Panteras.

—Los del orfanato nos llamamos Los Halcones, porque el halcón es el ave de vista más aguda.

Interviene David:

—¿Por qué no se llaman Los Huérfanos?

Se produce un silencio embarazoso.

—Porque no andamos pidiendo favores, jovencito. No queremos que nos dejen ganar solo por quienes somos.

—¿Usted es huérfano? —pregunta David.

—No. No soy huérfano, pero estoy a cargo del orfanato y vivo allí. Tengo un gran respeto y mucho amor por los huérfanos, que en el mundo son mucho más numerosos de lo que supones.

Los chicos callan. Él, Simón, también calla.

—Yo soy huérfano —dice David—. ¿Puedo jugar para vuestro equipo?

Los chicos vacilan. Están habituados a sus provocaciones. Uno de ellos le dice entre dientes:

—¡Basta, David!

Es hora de intervenir.

—Me parece, David, que no te das clara cuenta de cómo es ser huérfano, huérfano de verdad. Un huérfano no tiene familia, no tiene hogar. Y precisamente para eso está el Dr. Julio. Le ofrece un hogar. Tú ya tienes tu hogar. —Se dirige ahora al Dr. Julio—: Me disculpo por hacerlo partícipe de una discusión de familia.

—No hay necesidad de disculparse. Lo que plantea David es importante. ¿Qué significa ser huérfano? ¿Quiere decir solamente que uno no conoce a sus padres? No. En el fondo, ser huérfano es estar solo en el mundo. De modo que, en algún sentido todos somos huérfanos porque, en el fondo, todos estamos solos en el mundo. Como siempre les digo a los muchachos a mi cargo, no hay nada vergonzoso en vivir en un orfanato porque un orfanato es un microcosmos de la sociedad.

—No me habéis contestado —dice David—. ¿Puedo jugar para vuestro equipo?

—Sería mejor que jugaras para el tuyo —dice el Dr. Julio—. Si todos jugaran para Los Halcones, no tendríamos contra quién jugar. No habría competencia.

—No le pregunto si todos pueden jugar. Le pregunto si yo puedo.

El Dr. Julio se vuelve hacia él, hacia Simón.

—¿Qué opina, señor? ¿Le parece que Las Panteras es un buen nombre para el equipo?

—No opino. No quisiera imponer mis gustos a la gente joven.

Se detiene. Le gustaría agregar: «Gente joven que era feliz jugando al fútbol a su manera hasta que usted apareció».

2

Ya hace cuatro años que viven en ese edificio. Aunque el departamento de Inés en el segundo piso es amplio para los tres, por mutuo acuerdo él se ha alquilado otro en la planta baja, más pequeño y amoblado con mayor sencillez. Pudo afrontar el gasto cuando le concedieron una pensión por invalidez debida a una lesión en la espalda que jamás se curó del todo y que data desde sus épocas de estibador en Novilla.

Tiene ingresos propios y un departamento para él solo, pero no tiene un círculo social, no porque sea poco sociable ni porque Estrella sea una cuidad poco acogedora sino porque ha resuelto desde hace mucho consagrarse por entero a la crianza del niño. En cuanto a Inés, se pasa los días y a veces también parte de la noche atendiendo la casa de modas que es suya a medias con otra propietaria. Sus amistades son de Modas Modernas y del mundo de la moda en general. A él no le interesan esas amistades. No sabe ni le interesa saber si Inés tiene amantes entre esos amigos, siempre y cuando siga siendo una buena madre.

Bajo el ala de ellos dos, David ha crecido. Es fuerte y sano. Años atrás, cuando vivían en Novilla, tuvieron una batalla con el sistema de educación pública. Los maestros decían que David era obstinado. Desde ese entonces, no lo han enviado a escuelas públicas.

Él confía en que un niño de inteligencia innata tan evidente puede prescindir de una educación formal. «Es un chico excepcional –le dice a Inés–, ¿quién puede prever en qué dirección se orientarán sus dones?» En sus momentos de mayor generosidad, Inés asiente.

En la Academia de Música de Estrella, David toma cursos de canto y danza. Las clases de canto están a cargo del director de la academia, Juan Sebastián Arroyo. En cuanto a la danza, no hay nadie en la institución que pueda enseñarle nada a David. Cuando el niño asiste a esas clases, danza como se le ocurre y los demás alumnos siguen sus pasos o, si no pueden, se quedan mirando.

Él, Simón, también danza, aunque es un converso tardío que carece totalmente de dones. Baila en su casa, por la noche, a solas. Se pone el pijama, enciende el gramófono a volumen bajo y baila para sí mismo, con los ojos cerrados, hasta que queda con la mente en blanco. Luego, apaga la música, se va a la cama y duerme el sueño de los justos.

La mayor parte de las veladas, la música es una suite de danzas para flauta y violín, compuesta por Arroyo en memoria de su segunda esposa, Ana Magdalena. Las danzas no llevan título y la grabación, realizada en alguna trastienda de la ciudad, no tiene etiqueta. La música es lenta, majestuosa y triste.

David no se digna asistir a las clases normales, en particular no se digna hacer los ejercicios de aritmética propios de cualquier niño normal de diez años. Es un prejuicio contra la aritmética inculcado por la difunta señora Arroyo a todos los alumnos que pasaban por sus manos, a quienes decía que los números enteros merecen ser reverenciados porque son divinidades, entidades celestiales que existían antes de que naciera el mundo físico y seguirán existiendo después de que el mundo llegue a su fin. Mezclar los números entre sí (adición, sustracción) o cortarlos en trozos (fracciones) o utilizarlos para medir cantidades de ladrillos o de harina (la medida) constituye una afrenta a su condición divina.

Cuando el niño cumplió diez años, Inés y él le regalaron un reloj, que David se niega a usar porque (según dice) impone a los números un orden circular. Puede ser que la hora nueve sea anterior a la hora diez (dice), pero el nueve no está antes ni después del diez.

A la devoción por los números de la señora Arroyo, que se corporizaba en las danzas que enseñaba a sus alumnos, David le ha dado un giro propio: la identificación de ciertos números con determinadas estrellas del cielo.

Él, Simón, no comprende la filosofía del número propugnada en la Academia de manera manifiesta por la difunta señora y más discretamente por el viudo Arroyo y sus músicos amigos (en privado, él no la considera una filosofía sino un culto). No la comprende pero la tolera, no solo por consideración a David sino porque, en ocasiones propicias, cuando danza a solas por la noche, a veces tiene una visión, momentánea, fugaz, de lo que la señora Arroyo solía hablar: incontables esferas plateadas que rotan una alrededor de la otra con un murmullo ultraterrenal en un espacio sin fin.

Él danza, tiene visiones, pero no piensa en sí mismo como un converso al culto del número. Tiene para sus visiones una explicación razonada, que la mayor parte de las veces lo deja conforme: el ritmo adormecedor de la danza, el canturreo hipnótico de la flauta, inducen un estado de trance en el que fragmentos arrancados del lecho de la memoria se arremolinan ante el ojo interior.

David no puede o no quiere hacer sumas. Lo que es más preocupante, no lee. Es decir, habiendo aprendido a leer solo, sin ayuda, en el *Quijote*, no tiene interés por leer ningún otro libro. Sabe el *Quijote* de memoria, en una versión abreviada para niños, y no lo considera una historia inventada sino verídica. En alguna parte del mundo —y si no es de este mundo será del próximo— está Don Quijote, montado en Rocinante y acompañado por Sancho, que trota a su lado sobre un asno.

El niño y él han tenido discusiones sobre el *Quijote*.

—Si abrieras tu mente a otros libros, le dice él, descubrirías que hay una multitud de héroes en el mundo además del Quijote, y también de heroínas, que surgen de la nada gracias a la fértil imaginación de los autores. De hecho, como eres talentoso, podrías crear tus propios héroes y lanzarlos al mundo para que vivan sus aventuras.

David apenas lo escucha:

—No quiero leer otros libros —dice con desdén—. Ya sé leer.

—Tienes una idea falsa de lo que quiere decir leer. No significa solamente transformar signos impresos en sonidos. Es algo más profundo. Leer de verdad significa escuchar lo que el libro tiene para decir, y reflexionar sobre ello… tal vez, incluso, tener una conversación mental con el autor. Significa aprender cómo es el mundo, el mundo tal cual es realmente, no como tú deseas que sea.

—¿Por qué? —dice David.

—¿Por qué? Pues porque eres joven e ignorante. Solo te librarás de la ignorancia abriéndote al mundo. Y la mejor manera de abrirte al mundo es leer lo que otra gente tiene para decir, gente menos ignorante que tú.

—Sé cómo es el mundo.

—No, no lo sabes. No sabes nada del mundo, fuera de tu propia y limitada experiencia. Danzar y jugar al fútbol son actividades excelentes en sí, pero no te enseñan nada acerca del mundo.

—Leo el *Quijote*.

—El *Quijote*, te lo repito, no es el mundo. Todo lo contrario. Es una historia inventada sobre un hombre viejo e iluso. Es un libro entretenido: te transporta a esa fantasía, pero la fantasía no es real. De hecho, el mensaje del libro, precisamente, es advertir a lectores como tú para que no se dejen arrastrar a un mundo irreal, a un mundo de fantasía, como le pasó a Don Quijote. ¿No recuerdas cómo termina el libro, cuando Don Quijote recupera la cordura y le dice a su sobrina que queme todos sus libros para que nadie se vea tentado de seguir su loco camino en el futuro?

—Pero ella no los quema.

—¡Sí que los quema! Tal vez el libro no lo diga, pero los quema. Está más que agradecida de librarse de ellos.

—Pero no quema el *Quijote*.

—No puede quemar el *Quijote* porque ella está dentro del *Quijote*. No puedes quemar un libro si estás adentro de él, si eres un personaje del libro.

—Puedes hacerlo. Pero ella no lo hace. Porque si lo hubiera hecho, yo no tendría el *Quijote*. Estaría quemado.

Él termina esas discusiones perplejo aunque oscuramente orgulloso: perplejo porque no puede superar a un niño de diez años en una discusión; orgulloso porque ese niño de diez años puede enredarlo con tanta destreza. «Puede que el chico sea perezoso, puede que sea arrogante —se dice—, pero al menos no es estúpido.»

3

De vez en cuando, después de la cena, el niño les dice que se sienten en el sofá («¡Ven, Inés! ¡Ven, Simón!») y representa para ellos lo que él llama «un espectáculo». En esas ocasiones, se sienten más unidos como familia y el afecto del niño hacia ellos se expresa con mayor claridad.

Las canciones que David canta en sus espectáculos provienen de las clases de canto que tiene con el señor Arroyo. Muchas son composiciones del propio Arroyo, dirigidas a un *tú* que bien puede ser su difunta esposa. Inés piensa que no son apropiadas para niños y él suele compartir sus reservas. Con todo, a Arroyo debe de levantarle el ánimo oír que una voz joven tan pura y clara como la de David expresa sus canciones.

—Inés, Simón, ¿queréis oír una canción misteriosa? —dice el chico la noche posterior a la visita de Fabricante.

Con un impulso y fuerza inusuales, eleva la voz y canta:

> *In diesem Wetter, in diesem Braus,*
> *nie hätt' ich gesendet das Kind hinaus —*
> *Ja, in diesem Wetter, in diesem Braus,*
> *musst Du nicht gesendet das Kind hinaus!*

—¿Eso es todo? —dice Inés—. Una canción muy breve.

—Se la canté hoy a Juan Sebastián. Iba a cantar otra cosa, pero cuando abrí la boca me salió esa. ¿Sabéis lo que quiere decir?

Repite la canción lentamente, articulando con cuidado las palabras extranjeras.

—No tengo idea de lo que significa. ¿Qué dice el señor Arroyo?

—Él tampoco sabe. Pero me dijo que no tenga miedo. Que si en esta vida no sé qué significa, lo descubriré en la próxima.

—¿No se le ocurrió —dice él, Simón— que tal vez la canción no venga de la vida próxima sino de tu vida anterior, de la que tenías antes de subir a bordo del barco grande y cruzar el océano?

El chico se queda callado. Y allí termina la conversación y con ella el espectáculo vespertino. Pero al día siguiente, cuando están solos los dos, el niño retoma la cuestión.

—¿Quién era yo, Simón, antes de cruzar el océano? ¿Quién era antes de aprender a hablar en español?

—Diría que eras la misma persona que eres hoy, salvo que tenías otro aspecto y otro nombre y hablabas otro idioma, y que todo eso se borró junto con tus recuerdos cuando cruzaste el océano. De todos modos, para contestar esa pregunta, «¿Quién era yo?», te diría que en el fondo de tu corazón eras el mismo, el mismísimo tú. De lo contrario, no tendría sentido decir que *tú* olvidaste el idioma que hablabas y demás. Pues ¿quién era el que olvidó sino tú, ese tú guardado en tu corazón? Yo veo las cosas así.

—Pero no me olvidé de todo, ¿verdad? *In diesem Wetter in diesem Braus…* lo recuerdo, pero no recuerdo qué significa.

—Así es. Puede ser, como dice el señor Arroyo, que las palabras no vengan de tu vida pasada sino de la vida próxima. En ese caso, no correspondería decir que las palabras vienen de la *memoria*, porque solo recordamos las cosas del pasado. Diría entonces que tus palabras son una *profecía*. Como si recordaras el futuro.

—¿Y tú qué crees, Simón, vienen del pasado o del futuro? Yo creo que del futuro. Creo que vienen de la próxima vida. ¿Puedes tú recordar el futuro?

–Lamentablemente, no. No recuerdo nada, ni el pasado ni el futuro. Comparado contigo, David, soy un tipo muy obtuso, nada excepcional; de hecho, todo lo opuesto de excepcional. Vivo en el presente, como un buey. La posibilidad de recordar el pasado o el futuro es un don inmenso, y estoy seguro de que el señor Arroyo estaría de acuerdo conmigo. Deberías tener una libreta para anotar en el momento lo que recuerdas, aunque no tenga sentido.

–También puedo contarte a ti cosas que recuerdo y *tú* puedes anotarlas.

–Buena idea. Podría ser tu secretario, encargado de registrar tus secretos. Podríamos hacer un programa al respecto, tú y yo. En lugar de esperar que las cosas te vengan a la mente, la canción misteriosa, por ejemplo, podríamos dedicar unos minutos por día al despertarte o justo antes de irte a dormir para que te concentres e intentes recordar cosas del pasado o del futuro. ¿Te parece?

El niño no contesta.

4

El viernes de esa misma semana, sin preámbulos, David hace un anuncio:

—Inés, mañana voy a jugar al fútbol en serio. Tienes que venir con Simón a ver el partido.

—¿Mañana? No puedo, hijo. El sábado es un día de mucho movimiento en la tienda.

—Voy a jugar para un equipo en serio. Soy el número nueve. Tengo que llevar una camiseta blanca y tú tienes que cortar un número nueve y coserlo en la espalda.

Los detalles de la nueva era, la del fútbol en serio, van surgiendo uno a uno. A las nueve de la mañana llegará una camioneta para recoger a los niños del vecindario. Deben usar camiseta blanca con números negros en la espalda, del uno al once. A las diez en punto, Las Panteras ingresarán en el campo de juego para enfrentar a Los Halcones, el equipo del orfanato.

—¿Quién eligió a los miembros de tu equipo? —pregunta él, Simón.

—Yo.

—¿Entonces eres el capitán?

—Sí.

—¿Y quién te nombró capitán?

—Los chicos. Quieren que sea el capitán. Yo les asigné los números.

La camioneta del orfanato llega puntual al día siguiente. La conduce un hombre taciturno vestido con un overol azul. No todos los niños están listos —tienen que enviar alguien para buscar a Carlitos, que se quedó dormido— y no todos llevan camiseta blanca con un número negro, como les habían pedido. De hecho, no todos llevan siquiera calzado de fútbol. Sin embargo, gracias a la habilidad de Inés con la costura, David lleva un elegante número nueve en la camiseta y tiene aspecto de capitán hecho y derecho.

Inés y él lo despiden y luego siguen a la camioneta en el coche: evidentemente, el programa de que su hijo encabece un equipo de fútbol en la cancha es más importante para Inés que la actividad de la tienda.

El orfanato está del otro lado del río, en una zona de la ciudad que él no ha tenido ocasión de conocer. Siguiendo a la camioneta cruzan un puente, atraviesan un barrio industrial y luego continúan por una calle llena de baches que pasa entre un depósito y un almacén de maderas, y sale luego a una zona ribereña sorprendente por lo agradable: un complejo de edificios bajos de arenisca, construidos a la sombra de unos árboles, donde hay también un campo de deportes en el que pululan chicos de todas las edades vestidos con los pulcros uniformes azules del orfanato.

Sopla un vientecillo cortante. Inés lleva una chaqueta de cuello alto pero él, menos precavido, solo se ha puesto un suéter.

—Ese es el Dr. Fabricante —le indica él a Inés—, el de camiseta negra y short. Parece que será el árbitro.

El Dr. Fabricante sopla el silbato imperiosamente una y otra vez, y agita los brazos. La multitud de niños se retira del campo corriendo y los dos equipos se alinean detrás de Fabricante: los huérfanos, impecables, de camiseta azul, short blanco y botines negros; los niños del barrio de David con conjuntos y calzado heterogéneos.

De inmediato le sorprende la disparidad de tallas entre los dos equipos. Sencillamente, los chicos de azul son mucho más grandes. Incluso hay una niña entre ellos, a quien él reconoce como María Prudencia por los muslos robustos y el pecho abundante. También hay muchachos que en apariencia han pasado claramente la pubertad. En comparación, los visitantes parecen enclenques.

Desde el puntapié inicial las jóvenes Panteras retroceden. Los niños son reacios a enredarse con esos rivales más corpulentos. Casi de inmediato, el equipo azul se abre paso con ímpetu y marca su primer gol, y casi enseguida, otro.

Él mira a Inés, enfadado:

—¡Esto no es un partido de fútbol; es la matanza de los inocentes!

La pelota queda a los pies de un compañero de equipo de David. A tontas y a locas, el niño la hace avanzar hacia adelante. Dos compañeros suyos corren tras ella, pero María Prudencia se apodera del balón, y los mira desafiándolos a quitárselo. Los chicos se paralizan. Con gesto de desprecio, ella hace un pase lateral a un compañero.

La táctica de los huérfanos es simple pero eficaz: metódicamente, llevan la pelota hacia adelante haciendo a un lado a los rivales a empellones hasta que pueden superar al desventurado arquero. Cuando el Dr. Fabricante toca el silbato para señalar el intermedio de descanso, ya van 10 a 0. Tiritando con el viento, los niños visitantes se apiñan y esperan que recomience la matanza.

El Dr. Fabricante da la señal de reinicio. La pelota rebota en algún jugador y le llega a David. Guiando la pelota con los pies, él niño se desliza como un fantasma, supera a un primer rival, luego al segundo y al tercero y, de un toque, marca el gol.

Un minuto después, le pasan otra vez la pelota. David elude sin esfuerzo a los defensores pero luego, en lugar de intentar el gol, se la pasa a un compañero y se queda mirando mientras este la patea y eleva por encima del travesaño.

Llega el final del partido. Descorazonados, los niños del barrio se retiran penosamente del campo, mientras una multitud jubilosa rodea a los ganadores.

El Dr. Fabricante se acerca al lugar donde están Inés y él, Simón.

—Espero que hayan disfrutado del partido. Fue un poco desparejo, me disculpo por ello, pero para nuestros chicos es importante probarse contra el mundo externo. Importante para su autoestima.

—Nuestros pequeños no son precisamente el mundo externo —replica él—. Son niños a quienes les gusta jugar a la pelota. Si usted quiere de verdad poner a prueba su equipo, debería hacerlo jugar contra rivales más sólidos. ¿No te parece, Inés?

Ella asiente.

Él está tan enojado que no le importa si el Dr. Fabricante se ofende. Pero no, Fabricante hace caso omiso de la observación.

—No todo estriba en ganar o perder —dice—. Lo que importa es que los chicos participen, que den todo lo que pueden, que hagan el máximo esfuerzo. Con todo, en ciertos casos, ganar es un factor importante. El nuestro es uno de esos casos. ¿Por qué? Porque nuestros niños comienzan en desventaja. Tienen que demostrarse a sí mismos que pueden competir con equipos de afuera, que pueden competir e imponerse. Creo que me comprende.

Él no lo comprende en absoluto, pero no tiene ganas de enzarzarse en una discusión. No le gusta el Dr. Fabricante, *educador*, y espera no volver a verlo.

—Estoy congelado y seguramente los niños también —dice—. ¿Dónde está el conductor de la camioneta?

—Vendrá en un minuto —dice el Dr. Fabricante. Hace una pausa y se dirige a Inés—: Señora, ¿puedo hablar con usted en privado?

Él se aleja. Los chicos del orfanato se han vuelto a adueñar del campo y se dedican a diversos juegos, sin prestar atención a los visitantes derrotados que esperan abatidos la llegada de la camioneta para volver a casa.

Llega la camioneta y Las Panteras trepan apresuradamente. Están por partir cuando Inés da unos golpecitos perentorios en la ventanilla:

—David, vienes con nosotros.

A regañadientes, David baja de la camioneta.

—¿No puedo ir con los demás?

—No, dice Inés con gesto adusto.

La causa de su mal humor se revela en el camino de regreso.

—¿Es cierto que le dijiste al Dr. Fabricante que querías irte de casa y vivir en el orfanato?

—Sí.

—¿Por qué le dijiste eso?

—Porque soy huérfano. Porque Simón y tú no son mis padres.

—¿Le dijiste eso?

—Sí.

Él interviene.

—No te dejes engañar, Inés. Nadie va a tomar en serio los cuentos de David, y menos que nadie alguien que dirige un orfanato.

—Quiero jugar para su equipo —dice el niño.

—¿Vas a irte de casa por el fútbol? ¿Para jugar en el equipo del orfanato? ¿Porque te avergüenza tu propio equipo, el de tus amigos? ¿Eso es lo que estás diciendo?

—El Dr. Julio dice que puedo jugar en su equipo, pero que debo ser huérfano para hacerlo. Esa es la regla.

—¿Y tú dijiste: perfecto, voy a repudiar a mis padres y proclamar que soy huérfano, todo para poder jugar al fútbol?

—No. No dije eso. Dije: «¿Por qué es esa la regla?». Y él contestó: «Porque...».

—¿Eso es todo lo que dijo? Porque...

—Dijo que si no hubiera reglas, todos querrían jugar para su equipo porque son tan buenos.

—No son buenos; solo son grandes y fuertes. ¿Qué más dijo el Dr. Fabricante?

—Yo dije que soy una excepción. Y él contestó que si todos son una excepción, entonces las reglas no sirven. Que la vida es como un partido de fútbol; que uno tiene que respetar las reglas. Es como tú. No entiende nada.

—Si el Dr. Julio no entiende nada y su equipo no es más que una banda de matones, ¿por qué quieres irte y vivir con él en el orfanato? ¿Solo así podrás jugar en un equipo ganador?

—¿Qué hay de malo en ganar?

—Nada de malo. Tampoco hay nada de malo en perder. De hecho, por lo general, diría que es mejor estar entre los perdedores que entre la gente que quiere ganar a costa de cualquier cosa.

—Quiero ser ganador. Quiero ganar a toda costa.

—Eres un niño. Tu experiencia es limitada. No has tenido ocasión de ver lo que le sucede a la gente que procura ganar a toda costa. La mayor parte de ellos se convierten en matones y déspotas.

—¡No es justo! Cuando digo algo que no te gusta, dices que soy un niño, de modo que lo que digo no cuenta. Solo cuenta si estoy de acuerdo contigo. ¿Por qué tengo que estar de acuerdo contigo siempre? ¡No quiero hablar como tú y no quiero ser como tú! ¡Quiero ser lo que quiero!

¿Qué se oculta tras semejante exabrupto? ¿Qué le ha estado diciendo Fabricante? Él trata de ver la expresión de Inés, pero ella tiene los ojos fijos en el piso.

—Todavía estamos esperando que respondas —dice él—. Aparte del fútbol, ¿por qué quieres irte al orfanato?

—Nunca me escuchas —dice el niño—. No escuchas y por eso no entiendes. No hay ningún porqué.

—Así que el Dr. Julio no entiende y yo tampoco entiendo y no hay ningún porqué. Aparte de ti, ¿quién entiende? ¿Entiende Inés? ¿Entiendes tú, Inés?

Ella no responde. No va en su ayuda.

—En mi opinión, jovencito, el que no entiende eres tú —continúa él entonces—. Hasta ahora has llevado una vida muy fácil. Tu madre y yo te hemos consentido más que a ningún niño normal porque reconocemos que eres excepcional. Con todo, me pregunto si aprecias qué significa ser excepcional. A diferencia de lo que supones, no significa que puedes hacer lo que se te antoja. No significa que puedes hacer caso omiso de las reglas. Te gusta jugar al fútbol; pues bien, en el fútbol, si no respetas las reglas, el árbitro te expulsa del campo con toda razón. Nadie está por encima de la ley. No existe una excepción a todas las reglas. Una excepción universal es una contradicción en los términos. Un sinsentido.

—Le hablé al Dr. Julio de ti y de Inés. Sabe que no son mis padres reales.

—Lo que le hayas dicho al Dr. Julio no tiene importancia. Él no puede arrebatarte de tu casa. No tiene autoridad para hacerlo.

—Dice que si la gente me hace cosas malas, él puede darme refugio. Las cosas malas son una excepción. Si alguien te hace cosas malas, puedes refugiarte en el orfanato, no importa quién seas.

—¿Qué quieres decir? —Inés interviene por primera vez—. ¿Quién te ha hecho cosas malas?

—El Dr. Julio dice que el orfanato es una isla donde refugiarse. Cualquier víctima puede acudir allí y él la protegerá.

—¿Quién te ha estado haciendo cosas malas? —pregunta Inés de nuevo.

El niño calla. Inés frena y detiene el auto al borde de la carretera.

—Contéstame, David —dice—. ¿Le has dicho al Dr. Julio que te hicimos cosas malas?

—No estoy obligado a contestar. Los niños no están obligados a contestar.

Entonces, habla él, Simón:

—Estoy confundido. ¿Le dijiste o no le dijiste al Dr. Julio que Inés y yo te hicimos cosas malas?

—No tengo por qué hablar.

—No entiendo. ¿No tienes por qué hablar conmigo o no tienes por qué hablar con el Dr. Julio?

—No tengo por qué hablar con nadie. Puedo ir al orfanato y él me dará refugio. No estoy obligado a decir por qué. Esa es su filosofía. No hay ningún porqué.

—¡Su filosofía! ¿Sabes acaso lo que quiere decir «cosas malas»? ¿Sabes qué implican esas palabras o simplemente las elegiste al azar y las arrojas como piedras para lastimar a la gente?

—No tengo por qué hablar. Tú ya sabes.

Inés interviene de nuevo:

—¿Qué es lo que sabe Simón, David? ¿Te ha hecho algo Simón?

Es como si le hubieran dado un puñetazo. De la nada, se ha abierto una grieta entre Inés y él.

—Volvamos al orfanato, Inés —le dice—. Tenemos que enfrentar a ese hombre. No podemos dejar que derrame veneno en los oídos del niño.

Inés prosigue:

—Contéstame, David. Es un asunto grave. ¿Te ha hecho algo Simón?

—No.

—¿No? ¿No te ha hecho nada? Entonces ¿por qué haces estas acusaciones?

—No voy a explicar. Un niño no tiene que explicar. Queréis que respete las reglas. Pues esa es la regla.

—Si Simón se baja del coche, ¿me lo dirás?

El niño no contesta. Él, Simón, baja del auto. Han llegado al puente que une la zona sudeste de la ciudad con la sudoeste. Se apoya en el parapeto. Más abajo, sobre una roca, hay una garza solitaria que no lo mira. ¡Qué mañana! Primero, esa parodia de partido de fútbol, ahora esa insensata, devastadora acusación del niño. «No tengo que decirte lo que me has hecho.» Tú lo sabes. ¿Qué es lo que él ha hecho? Jamás tocó al niño con intenciones turbias; jamás tuvo pensamientos impuros a su respecto.

Da unos golpecitos en el auto. Inés baja la ventanilla.

—¿Podemos volver al orfanato? — le dice él—. Tengo que hablar con ese hombre abominable.

—David y yo estamos conversando —contesta Inés—. Te aviso cuando terminemos.

La garza se ha ido. Él desciende por el terraplén, se arrodilla y bebe. Desde el puente, David hace señas con la mano y pregunta:

—¡Simón! ¿Qué haces?

—Tomo agua. —Y vuelve a subir por el terraplén—. David, seguramente sabes que todo esto no es verdad. ¿Cómo puedes creer que yo te haría daño?

—Nada tiene que ser de veras para ser verdad. No haces más que repetir: ¿De veras? ¿De veras es así? Por eso no te gusta el Quijote. Piensas que no es verdad.

—Me gusta el Quijote. Me gusta aunque no sea verdad. Solo que no me gusta de la misma manera que a ti. Pero ¿qué tiene que ver Don Quijote con todo este... lío?

El niño no contesta y le lanza una mirada divertida, insolente.

Él sube al coche y se dirige a Inés tan serenamente como puede:

—Antes de hacer nada imprudente, reflexiona sobre lo que has oído. David dice que no tiene por qué atenerse a los mismos principios de veracidad que los demás porque es un niño. De modo que está en libertad de inventar cuentos... acerca de mí, acerca de cualquiera. Piénsalo. Piénsalo y ten cuidado. Puede ser que el día de mañana invente cuentos con respecto a ti.

Inés no lo mira cuando contesta.

—¿Qué puedo hacer? He desperdiciado toda una mañana viendo un partido de fútbol. Tengo mucho que hacer en la tienda. David necesita un baño y ponerse ropa limpia. Si quieres que te lleve al orfanato para hablar seriamente con el Dr. Julio, dímelo con claridad. En ese caso, tendrás que volver por tu cuenta a casa. No te espero. Dime, pues, qué quieres.

Él reflexiona.

—Vamos a casa —le dice—. El lunes iré a ver al Dr. Julio.

5

El lunes, lo primero que hace es telefonear al orfanato y acordar una cita con el director. Como Inés está usando el coche, tiene que trasladarse en la lenta bicicleta de reparto, viaje que le lleva casi una hora. Luego, la impaciente espera en la antesala bajo la mirada del tremebundo secretario-guardameta.

Por fin, lo hacen pasar a la oficina del director. Fabricante le da la mano y lo invita a sentarse. La luz del sol que entra por la ventana permite ver las patas de gallo que rodean los ojos del director; el cabello, cepillado rigurosamente hacia atrás, es tan negro que bien podría estar teñido. Sin embargo, su aspecto es pulcro e irradia evidente energía.

—Gracias por asistir al partido —dice—. Nuestros chicos no están acostumbrados a los espectadores. Por cómo son las cosas, no tienen familiares que los alienten. Sin duda, usted querrá saber ahora cómo es que David vendrá con nosotros.

—En realidad, señor Julio —contesta él conteniéndose—, no estoy aquí por eso. He venido para responder a una acusación personal que se me ha hecho, una acusación en la que usted seguramente tuvo que algo que ver. Debe de saber a qué me refiero.

El Dr. Fabricante se inclina hacia adelante y apoya el mentón en las manos.

—Lamento que hayamos llegado a esto, señor Simón. Pero David no es el primer niño que ha acudido a mí en busca de protección y usted no es el primer adulto que he debido afrontar en mi papel de protector. Adelante. Hable.

—El otro día, cuando apareció en el parque, fingió que había ido para ver un partido de fútbol. La verdad es que fue allí buscando incorporar a otros niños a este orfanato suyo. Buscaba niños impresionables como David que se dejaran engañar con la novela familiar de ser huérfanos.

—Eso es una tontería. Y ser huérfano no es ninguna novela. Todo lo contrario, pero continúe.

—La novela a la que me refiero, que cautiva a algunos niños, es que sus padres no son sus verdaderos padres, que los padres verdaderos son reyes y reinas, o gitanos, o acróbatas de circo. Usted busca niños vulnerables y les cuenta historias de ese tipo. Les dice que si denuncian a sus padres y huyen de su casa, usted los cobijará. ¿Por qué? ¿Por qué decir mentiras tan dañinas? David no ha sufrido ningún abuso. Ni siquiera conocía esa palabra antes de que usted apareciera.

—No se necesita conocer la palabra para sufrir el agravio —dice el Dr. Julio—. Uno puede morir sin saber el nombre de aquello que lo mató. Angina pectoris. Belladona.

Él se pone de pie.

—No vine aquí para discutir. Vine para decirle que no nos arrancará a David. Voy a luchar sin ceder un ápice, y lo mismo hará su madre.

El Dr. Julio también se pone de pie.

—Señor Simón, no es usted el primero que viene y me amenaza, y no será el último tampoco. Pero tengo ciertas obligaciones que me ha conferido la sociedad; la primera de ellas es brindar refugio a los niños abandonados y víctimas de abuso. Me dice que luchará para conservar a David. Sin embargo, corríjame si me equivoco, no es usted su padre, ni su mujer es la madre. Así las cosas, su posición a los ojos de la ley puede ser precaria. Eso es todo.

Tres años atrás, después de la muerte de Ana Magdalena, que era la segunda esposa del señor Arroyo, y después del escándalo que la rodeó, la Academia pasó por tiempos difíciles. Más de la mitad de los padres retiraron a sus hijos; era imposible pagar los salarios del personal. Él, Simón, se contaba entre un puñado de bienintencionadas personas que ayudaron a Arroyo en su esfuerzo por mantener el barco a flote.

Si ha de creer los chismes que le llegan a través de Inés y sus colegas de Modas Modernas, la Academia ha capeado el temporal e incluso ha comenzado a prosperar con el nuevo ropaje de escuela de música. Hay un grupo de estudiantes, provenientes en su mayoría de poblaciones rurales, que están pupilos y reciben toda su educación allí. Pero la mayoría de los estudiantes provienen de las escuelas públicas de Estrella y solo asisten a las clases de música. Arroyo en persona enseña teoría y composición musical, y ha contratado profesores especiales para las lecciones de canto y de diversos instrumentos. Todavía hay clases de danza, pero la danza ya no forma parte de la misión principal de la Academia.

Él, Simón, tiene el mayor respeto por la maestría musical de Arroyo, que, si es poco reconocido en Estrella, se debe a que la ciudad tiene una modorra provinciana y una vida cultural exigua. En cuanto a la filosofía musical de Arroyo, que vincula la música con las matemáticas superiores y considera que, en el mejor de los casos, la música de los seres humanos es un pálido reflejo de la música de las esferas, él, Simón, nunca le encontró ningún sentido. Al menos, es una filosofía coherente, y el contacto con ella no le ha hecho ningún daño a David.

Del orfanato, se dirige directamente a la Academia, al despacho de Arroyo, quien lo recibe con su habitual cortesía y le ofrece un café.

–Juan Sebastián, seré breve. David nos ha dicho que quiere irse de casa. Ha decidido que su lugar está entre los huérfanos: la palabra «huérfano» siempre lo fascinó. Es una tontería romántica espoleada por un tal Dr. Julio Fabricante, que se dice educador y dirige un orfanato en la zona este de la ciudad. ¿Por casualidad lo conoce?

–Sé de él. Es un adalid de la educación práctica, enemigo de los conocimientos librescos, que desprecia sin tapujos. En la escuela del orfanato, los niños aprenden a leer y escribir, y la aritmética elemental antes de que les enseñen carpintería, plomería o repostería, ese tipo de oficios. ¿Qué más? Pone el acento en la disciplina, la formación del carácter, los deportes de equipo. El orfanato tiene un coro que gana premios. Fabricante tiene sus admiradores en el Ayuntamiento. Lo ven como un nuevo valor, un hombre del futuro. Pero no lo conozco personalmente.

—Pues bien, el Dr. Fabricante ha logrado influencia sobre David prometiéndole un lugar en el equipo de fútbol del orfanato. Si David se va de casa y se muda al orfanato, tendrá que dejar las clases aquí, en la Academia. Queda demasiado lejos para viajar todos los días, y no creo que Fabricante se lo permita de todos modos.

Arroyo lo interrumpe.

—Antes de proseguir, Simón, permítame una confesión. Conozco bien la fascinación de su hijo por la orfandad. De hecho, indirectamente me pidió que hablara con usted al respecto. Dice que usted no puede o no quiere entender.

—Confieso con franqueza mi delito de incomprensión. Hay muchas cosas de David que son oscuras para mí, además de su atracción por la orfandad. En primer lugar, es un enigma para mí por qué un niño tan difícil de entender fue confiado a un tutor con tan poca capacidad de comprensión. Me refiero a mí mismo, pero permítame agregar que Inés está tan desconcertada como yo. Habría sido mejor para David quedarse con sus padres, pero no los tiene. Solo nos tiene a nosotros dos, deficientes como somos: padres por elección.

—¿Cree que sus padres lo habrían comprendido mejor?

—Al menos estarían hechos de la misma madera, tendrían la misma sangre. Inés y yo somos gente común que confiamos en los lazos del amor; esto nos excede; evidentemente, el amor no es suficiente.

—De modo que si David y usted fueran de la misma sangre, le sería más fácil comprender por qué quiere irse de casa y vivir entre los huérfanos de la zona este... ¿eso es lo que me dice?

¿Acaso Arroyo se burla?

—Tengo clara conciencia —contesta él fríamente— de que no es justo exigirle a un niño que devuelva el amor de sus padres. También me doy cuenta de que, a medida que crece, un niño puede sentir que los brazos de la familia lo asfixian. Pero David tiene diez años. Es demasiado pequeño para querer irse de casa. Pequeño y vulnerable, además. No me gusta el Dr. Fabricante. No me inspira confianza. Me ha desacreditado ante David de un modo que no me atrevo a repetir. No creo que sea la persona indicada para guiar la evolución moral de un niño. Tampoco creo que la compañía de los niños del orfanato sea beneficiosa para él. Los he visto jugar al fútbol. Son bravucones. Ganan los partidos intimidando a los rivales. Y los más pequeños imitan a los mayores. El Dr. Fabricante no hace nada para impedirlo.

—Así que no confía en el Dr. Fabricante y teme que esos huérfanos transformen a David en un salvaje prepotente. Con todo, ¿y si ocurriera exactamente lo opuesto? ¿Si David lograra domar a los salvajes de Fabricante y ellos se transformaran en ciudadanos modelo, afables, de buen comportamiento, obedientes?

—No se burle de mí, Juan Sebastián. En el orfanato hay chicos de quince o dieciséis años, varones y mujeres, quizá mayores. No van a seguir el modelo de un niño de diez años. Lo van a maltratar. Lo van a contaminar.

—Bueno, usted conoce el orfanato mejor que yo: nunca estuve allí. Creo que no lo puedo ayudar en nada más, Simón. El mejor consejo que le puedo dar es que se siente y hable con David sobre la situación en que se hallan, sin omitir su propia situación, la de padre abandonado, lleno de pena y confusión, y quizá también de enojo.

Él se pone de pie, pero Arroyo lo detiene.

—Simón, permítame una última palabra. Su hijo tiene un sentido del deber, de las obligaciones morales, que no es frecuente a su edad. Es parte de su excepcionalidad. No quiere irse a vivir al orfanato porque le parezca romántico ser huérfano. Se equivoca usted en ese aspecto. Por alguna razón y quizá sin razón alguna, siente que tiene un deber con los huérfanos de Fabricante, con los huérfanos en general, los huérfanos del mundo. Al menos eso es lo que me dice, y le creo.

—Eso le dice a usted. ¿Por qué no me lo dice a mí?

—Porque, con razón o sin ella, siente que usted no entendería. Que no simpatizaría con su manera de sentir.

6

Ha llegado la hora de la cena pero David no ha aparecido. Él está por salir a buscar a la oveja extraviada cuando la oveja extraviada aparece. Tiene los zapatos embarrados, también tiene barro en la ropa y un desgarrón en la camiseta.

—¿Qué te ha sucedido? —pregunta Inés—. Estábamos preocupadísimos.

—Se me rompió la bicicleta y tuve que caminar.

—Bueno, ve a bañarte y ponte el pijama mientras te caliento la comida en el horno.

Mientras cenan, trata de averiguar algo más, pero el niño engulle la comida y se niega a hablar. Luego se va al dormitorio y cierra de un portazo.

—¿Qué lo habrá puesto de tan mal humor? —le dice él en voz baja a Inés.

Ella indica con un gesto que no lo sabe.

A la mañana, él va al cobertizo para ver la bicicleta, pero la bicicleta no está. Golpea la puerta de Inés.

—La bicicleta de David no está.

—Y la ropa tiene olor a tabaco —dice ella—. Diez años y ya fuma. No me gusta nada. Ahora tengo que irme, pero quiero que hables con él cuando se despierte.

Con cautela, él abre la puerta del dormitorio. Despatarrado sobre la cama, el niño duerme como un tronco. Tiene salpicaduras de barro en el pelo y tierra debajo de las uñas. Él apoya la mano sobre su hombro y lo sacude levemente:

—Hora de levantarse —susurra.

El niño gruñe y se aparta.

Él, Simón, olfatea las ropas sucias que están en el baño. Inés tiene razón; tienen olor a tabaco. Cuando el niño por fin aparece, refregándose los ojos, son las diez pasadas.

—¿Puedes contarme qué pasó anoche? Empieza por explicar dónde está tu bicicleta.

—Se torció la rueda, por eso no pude seguir andando.

—¿Dónde está la bicicleta?

—En el orfanato.

Así, paso a paso, una historia va tomando forma. David había ido al orfanato en bicicleta para jugar al fútbol. Allí, uno de los muchachos mayores se la arrebató, montó en la bicicleta y se cayó en una zanja torciendo la rueda de adelante. David dejó la bicicleta allí y volvió a casa caminando, ya caída la noche.

—Fuiste a jugar al fútbol, alguien estrelló tu bici y volviste a casa caminando. ¿Eso es todo? ¿Me has dicho todo? David, nunca nos mentiste. No empieces a hacerlo ahora. Estuviste fumando. Inés y yo sentimos olor a tabaco en tu ropa.

Surge otra parte de la historia. Después del partido, los chicos del orfanato encendieron una fogata y asaron ranas y peces que habían pescado en el río. Los mayores, tanto varones como mujeres, fumaban y tomaban vino. David no había fumado ni bebido. No le gusta el vino.

—¿Te parece bien que un niño de diez años esté con muchachos y muchachas mucho mayores, que fuman y beben y vaya uno a saber qué más?

—¿Qué más?

—No importa. ¿No están a tu altura tus amigos de aquí, del vecindario? ¿Por qué tienes que ir al orfanato?

Hasta ese momento David respondió al interrogatorio con bastante docilidad, pero ahora se encrespa.

—¡Odias a los huérfanos! Piensas que son malos. Quieres que yo sea el que *tú* piensas que soy, pero no quieres que sea quien *yo* pienso que soy.

—¿Y quién piensas que eres?

—¡Yo soy el que soy!

—Eres el que eres hasta que viene un chico más grande y te arrebata la bicicleta. Entonces eres un indefenso niño de diez años. Nunca dije que los chicos del orfanato fueran malos. Los niños malos no existen. Todos los niños son más o menos iguales. Salvo por la edad. Un niño de diez años no es igual que un muchacho de dieciséis de un orfanato en el que hay reglas tan poco estrictas que los internos fuman con impunidad.

—¿Qué quiere decir impunidad?

—Quiere decir que no los castigan. Que el Dr. Julio no los castiga por fumar y beber.

—Detestas al Dr. Julio.

—No lo detesto, pero tampoco me gusta. Me parece despectivo y vanidoso. Tampoco creo que sea un buen educador. Creo que tiene sus motivos para llevarte al orfanato, motivos que no son visibles para ti porque tienes muy poca experiencia del mundo.

—Tampoco te gustaba Dmitri y ahora no te gusta el Dr. Julio. ¡No te gusta nadie que tenga un gran corazón!

¡Dmitri! Él creía que David había olvidado a Dmitri. Habían declarado demente a ese monstruo que estranguló a la señora Arroyo y lo habían encerrado desde entonces.

—Dmitri no tenía un gran corazón, David. Todo lo contrario. Era malo hasta la médula, una persona de muy mal corazón. En cuanto al Dr. Julio, tus razones para seguirlo son para mí un misterio total.

—No tengo razones y no lo sigo. No tengo razones para nada. Tú eres el que tiene razones.

Él se levanta de la mesa. Han tenido esta misma discusión con demasiada frecuencia. Está harto.

—Tu madre y yo decidimos que no vayas más al orfanato. Punto.

Cuando Inés vuelve a la casa, le presenta su informe.

—Hablé con David. Dice que estaba con algunos chicos mayores que fumaban. Qué él no fumó. Le creo, pero también le dije que se terminaron las visitas al orfanato.

Inés hace un gesto de desconcierto.

—Tendría que haber ido a una escuela común desde el comienzo. Entonces no habría surgido todo este asunto del orfanato.

La escuela común a la que debería haber asistido David: otra discusión que se ha repetido innumerables veces. Inés y él llevan casi cinco años juntos, tiempo suficiente para haberse aburrido mutuamente. Ella no es el tipo de mujer que habría elegido si hubiera sido libre para elegir, así como él no es el tipo de hombre que habría elegido ella de haberse interesado por los hombres. Pero, en algún sentido, es la madre del niño, así como él, en algún sentido, es el padre; por consiguiente, en algún sentido, no pueden separarse.

En cuanto al niño, es joven e inquieto. No es de extrañar que se muestre impaciente con la vida rutinaria del vecindario; no es de extrañar que esté dispuesto a abandonar su casa, dejar a sus padres y lanzarse en la exótica vida novedosa del orfanato.

¿Cómo deberían reaccionar Inés y él? ¿Deberían prohibirle todo contacto con el orfanato o deberían dejarlo en libertad para irse y correr su aventura, con la esperanza de que tarde o temprano vuelva al nido desilusionado? Él se inclina por la última alternativa, pero ¿se dejará convencer Inés y permitirá que el niño se marche?

Unos repetidos golpes en la puerta lo despiertan. Son las seis y media; el sol no ha salido aún.

Es el hombre de azul, el conductor de la camioneta del orfanato.

—Buen día. Vine para recoger al chico.

—¿A David? ¿Vino para recoger a David?

Se oyen pasos en las escaleras y aparece David: lleva la mochila a la espalda y arrastra una gran bolsa de la tienda de Inés.

—¿Qué haces? —le dice él.

—Me voy al orfanato.

Aparece Inés en salto de cama, con el cabello alborotado.

—¿Qué hace este hombre aquí? —pregunta.

—Me voy al orfanato —repite el niño.

—¡De ninguna manera!

Ella intenta arrancarle la bolsa de las manos, pero el niño se escabulle.

—¡Déjame en paz! ¡No me toques! —grita—. ¡No eres mi madre!

Él, Simón, se dirige al hombre de azul.

—Tiene que irse. Hay un malentendido. David no irá al orfanato.

—¡Sí que voy! —vocifera el niño—. ¡No eres mi padre! No puedes decirme lo que tengo que hacer.

—Váyase —repite él dirigiéndose al hombre de azul—. Vamos a arreglar esto entre nosotros.

El hombre se encoge de hombros y se va.

—Ahora, vamos arriba y hablemos con calma —dice él.

Con cara de empecinamiento, el chico apoya la bolsa. Los tres suben al departamento de Inés. El niño se va a su cuarto y se encierra con un portazo.

Inés vuelca en el piso el contenido de la bolsa: ropa, zapatos, el *Quijote*, dos paquetes de galletitas, una lata de duraznos y un abrelatas.

—¿Qué vamos a hacer? No podemos tenerlo encerrado —dice él.

—¿De qué lado estás? —dice Inés.

—De tu lado. Estamos juntos en todo esto.

—Entonces, encuentra una solución.

«No podemos tenerlo encerrado.» Sin embargo, cuando Inés se va al trabajo, él se sienta en el sofá, montando guardia.

Cierra los ojos. Cuando los abre de nuevo, el dormitorio está abierto y el niño se ha ido. Telefonea a Inés.

—Me quedé dormido y David se escapó. Lo lamento.

—No basta con lamentarlo —contesta Inés—. Siempre lamentas las cosas. ¿Qué vas a hacer?

—Nada. Voy a dejar que el destino siga su curso.

—¿El destino? ¿Dices que el destino de David es dejarnos y vivir en el orfanato?

—No. A su debido tiempo, cuando haya aprendido la lección, va a regresar. Confío en que así sea.

—Perfecto —dice Inés—. La culpa será tuya.

7

Llega el sábado y él va en bicicleta al orfanato. Llega justo a tiempo para presenciar el partido. Pero el orfanato está desierto.

En uno de los patios de recreo, encuentra a tres niñas jugando al ping-pong.

—¿No hay partido de fútbol hoy? —pregunta.

—Hoy juegan afuera —contesta una de ellas.

—¿Sabes adónde?

La niña niega con la cabeza.

—No nos gusta el fútbol.

—¿Conoces a un niño que se llama David, que llegó al orfanato no hace mucho?

Las muchachas intercambian miradas y se ríen.

—Sí, lo conocemos.

—Voy a escribirle una nota. Quiero que se la entreguen cuando vuelva. ¿Pueden hacerme ese favor?

—Sí.

En un trocito de papel, él escribe: «Vine esta mañana de visita con la esperanza de ver a tu equipo en acción, pero no tuve suerte. Voy a intentarlo de nuevo el próximo sábado. Avísame si necesitas algo de casa. Inés te manda cariños. Bolívar te extraña. Simón, que te quiere».

No está seguro de que Inés le mande realmente cariños: desde que el niño se fue, ella apenas le dirige la palabra.

Pasan los días lentamente. Él danza mucho, a solas, en su casa. Hacerlo lo lleva a un agradable estado de ausencia mental y, cuando se cansa, puede dormir. «Bueno para el corazón;

bueno para el alma —se dice mientras se hunde en la oscuridad—. Sin duda, mejor que beber.»

Lo peor son las tardes, las tardes vacías. Saca a pasear al perro, pero evita los partidos de fútbol del barrio y las preguntas curiosas de los chicos (¿Qué pasa con David? ¿Cuándo vuelve?). Bolívar está muy viejo para las caminatas largas, de modo que la mayor parte del tiempo se acomodan los dos en la pequeña plaza seca que hay al volver la esquina. Dormitan. Matan el tiempo.

«Ahora que se fue David —piensa él—, lo único que une a nuestra pequeña familia es Bolívar. ¿A eso habremos quedado reducidos Inés y yo, a ser padres de un perro viejo?»

Llega el sábado. Pedalea otra vez hasta el orfanato. El partido ya ha comenzado. Los huérfanos enfrentan a un equipo con una camiseta a rayas blancas y negras que es claramente mucho más hábil y está mejor entrenado que el desparejo grupo de inocentes de su barrio. Cuando él se suma al nada desdeñable grupo de espectadores, tres jugadores del equipo blanco y negro hacen unos pases muy hábiles que dejan paralizados a los defensores, y casi marcan un gol.

En el ala más distante, David se ve muy elegante con su camiseta azul y el número 9 en la espalda.

—¿Contra quién jugamos? —pregunta él, Simón, a un hombre joven que está a su lado.

El muchacho lo mira con una expresión rara.

—Los Halcones. El equipo del orfanato.

—¿Cómo va el marcador?

—No hubo goles todavía.

Los del equipo blanco y negro son expertos en conservar la pelota. Una y otra vez, los chicos del orfanato intentan algo y se quedan con las ganas. Hay un feo momento en que se abalanzan sobre uno de los rivales y lo dejan tendido en el suelo. En su calidad de árbitro, el Dr. Fabricante amonesta severamente al agresor.

Justo antes del intermedio de descanso, uno de los delanteros del equipo blanco y negro consigue que el arquero se adelante y entonces eleva tranquilamente el balón por encima de su cabeza y marca el gol.

En el descanso, el Dr. Fabricante reúne a los huérfanos en la mitad de la cancha y a todas luces les da instrucciones sobre la estrategia que deben seguir en el segundo tiempo. A él, a Simón, le parece muy extraño que el árbitro actúe a la vez como entrenador de uno de los equipos, pero a nadie parece importarle.

En el segundo tiempo, David juega en el ala más próxima a la ubicación de él. Por eso, puede ver claramente lo que sucede cuando, por única vez, la pelota llega a los pies del niño en un espacio abierto. Sin dificultad, David elude a un defensor como por arte de magia; después, a otro. Entonces, con el camino despejado para el gol, se enreda en sus propios pies y cae cuan largo es, de cara al suelo. Los espectadores miran divertidos.

El partido termina con la victoria del equipo blanco y negro. En silencio, alicaídos, Los Halcones se retiran del campo.

Alcanza a David cuando ya está por entrar en el vestuario.

—¡Muy bien, hijo! —le dice.

David le devuelve una sonrisa que solo se puede calificar de afectuosa.

—Gracias por venir, Simón, pero no debes volver. Tienes que dejarme hacer lo que debo hacer.

8

Lo que más lo desconcierta del orfanato es la escuela. ¿Por qué tiene Fabricante una escuela propia cuando podría enviar a sus huérfanos a una escuela pública? En el orfanato no puede haber más que doscientos internos. No tiene sentido contratar maestros y dar clases para tan pocos niños, algunos de apenas cinco años, otros mayores ya como para salir al mundo. No tiene sentido, a menos que el tipo de educación que Fabricante quiere para ellos sea radicalmente distinta de la que ofrecen las escuelas públicas. Arroyo había dicho que Fabricante era enemigo de la enseñanza libresca. ¿Y si fuera enemigo del *Quijote*? ¿Aceptará David que lo formen para una vida carente de aventuras, una vida de plomero?

Pasan semanas sin noticias del orfanato. Inés está cada vez más inquieta. Por último, exasperada por la inacción de él, declara que irá al orfanato y se llevará al niño a la fuerza.

—¿Estás de acuerdo? –pregunta–. ¿Estás conmigo o en contra de mí?

—Contigo, como siempre –dice él.

Como no hay nadie que les indique el camino, les lleva mucho tiempo ubicar las aulas, que están —según comprueban luego— en un edificio aislado, dispuesto a los lados de un largo corredor sin techo. ¿Cuál será el aula de David? Él golpea una puerta al azar y entra. La maestra es una mujer joven; se detiene en medio de una frase y lanza una mirada iracunda sobre ellos dos.

—¿Sí? –dice ella.

David no está entre los pulcros y tranquilos niños sentados frente a los escritorios.

–Disculpe –dice él–. Nos equivocamos de aula.

Golpean otra puerta y entran en lo que es sin duda un taller: hay largos bancos en lugar de escritorios y herramientas de carpintería colgadas en las paredes. Los niños –todos varones– interrumpen su tarea para mirarlos. Se adelanta un hombre vestido con overol, evidentemente el maestro.

–¿Qué desean? –pregunta.

–Lamento interrumpir. Buscamos a un niño que se llama David, que llegó a la escuela no hace mucho tiempo.

–Somos sus padres –dice Inés–. Venimos a buscarlo para llevarlo a casa.

–Esto es Las Manos, señora –dice el maestro–. Aquí nadie tiene padres.

–No corresponde que David esté aquí. Tiene que estar en casa, con nosotros. Dígame dónde puedo encontrarlo –dice Inés.

El maestro se encoge de hombros y les da la espalda.

–Está en la clase de la señora Gabriela –dice con voz chillona uno de los niños–. Es la última aula de este lado.

–Gracias –dice Inés.

Esta vez, es Inés quien abre la puerta, antes que él. Ven a David de inmediato, en la mitad de la primera fila. Lleva un guardapolvo corto de color azul oscuro, como todos los demás. No parece sorprendido de verlos.

–Ven, David –dice Inés–. Es hora de que te despidas de este lugar y vengas a casa.

David dice que no con la cabeza. Un murmullo recorre el aula. Habla entonces la maestra, la señora Gabriela, mujer de mediana edad.

–Por favor, retírense enseguida del aula. Si no se van, me veré obligada a llamar al director.

–Pues llame al director –contesta Inés–. Me gustaría decirle en la cara lo que pienso de él. ¡Ven, David!

–No –dice el niño.

—Dime, David, ¿quiénes son estas personas? —pregunta la señora Gabriela.

—No los conozco.

—No digas tonterías —dice Inés—. Somos sus padres. Haz lo que te digo, David. Sácate ese horrible uniforme y ven.

El niño no se mueve. Inés lo toma del brazo, y tira de él hasta que se pone de pie. Con un movimiento furioso, el chico se libera.

—¡No me toques, mujer! —grita, y le lanza una mirada feroz.

—¡No te atrevas a hablarme en ese tono! —dice Inés—. ¡Soy tu madre!

—¡No es cierto! No soy tu hijo. No soy hijo de nadie. ¡Soy huérfano!

La señora Gabriela se interpone.

—Señor, señora, ¡basta! Por favor, salgan de aquí. Ya han causado bastante perturbación. David, siéntate y tranquilízate. Volved a vuestro lugar, niños.

No hay nada más que hacer.

—Ven, Inés —murmura él, y salen del aula.

Después de ese ignominioso fracaso para recuperar al niño, Inés proclama que no quiere tener nada más que ver con ellos dos, ni con David, ni con él.

—De aquí en adelante, seguiré mi propio camino.

Él agacha la cabeza sin decir nada y se va.

Pasa el tiempo. Luego, cierta mañana muy temprano, alguien golpea la puerta. Es Inés.

—Me han llamado del orfanato. Algo le ha sucedido a David. Está en la enfermería. Quieren que vayamos a buscarlo. ¿Me acompañas? Si no, voy sola.

—Voy contigo.

La enfermería está alejada de los demás edificios. Entran y encuentran a David en una silla de ruedas junto a la puerta.

Lleva puesta su propia ropa y tiene la mochila en el regazo. Está muy pálido y parece crispado. Inés le da un beso en la frente y él lo acepta con aire distraído. Él, Simón, trata de abrazarlo, pero el niño lo rechaza.

—¿Qué te pasó? —dice Inés.

El chico no abre la boca. Aparece una enfermera.

—Buenas tardes. Seguramente, ustedes son los tutores de David, de quienes él habla tanto. Yo soy la hermana Luisa. David ha tenido una temporada muy mala, pero se ha mostrado muy valiente. ¿No es cierto, David?

El niño no contesta.

—¿Cómo? —dice Inés—. ¿Por qué no me informaron?

Antes de que la hermana Luisa pueda contestar, interviene el niño:

—Quiero irme. ¿Nos vamos?

Inés encabeza la marcha con aire enfadado. Él y la hermana Luisa guían la silla de ruedas por las instalaciones, en medio de grupos de niños curiosos.

—¡Adiós, David! —grita uno.

Inés abre la puerta del auto. Entre la hermana Luisa y él sostienen al niño de pie y lo ayudan a ubicarse en el asiento posterior. David los deja hacer, como un juguete estropeado. Él, Simón, se vuelve hacia la hermana Luisa:

—¿Eso es todo? ¿Ni una palabra de explicación? ¿Despachan a David a casa porque no está a la altura de ustedes, de la institución? ¿O esperan que se recupere con nosotros y lo traigamos de regreso? ¿Qué le ha sucedido? ¿Por qué no puede caminar?

—Tengo toda la enfermería a mi cargo, sin ninguna ayuda —contesta la hermana—. David es un niño excelente y pronto se recuperará, pero necesita cuidados especiales y yo no tengo tiempo para dárselos.

—¿El director sabe todo esto o usted se está librando de David por iniciativa propia, porque tiene demasiado trabajo para ocuparse de él? Repito la pregunta: ¿qué le ha sucedido?

—Me caí —dice el niño desde el auto—. Estábamos jugando al fútbol y me caí. Eso es todo.

—¿Te has roto algún hueso?

—No. ¿Podemos irnos ahora?

—Lo ha visto un médico —dice la hermana Luisa—. Dos veces. Tiene una inflamación general en las articulaciones. Le dio una inyección para reducir la inflamación, pero no surtió efecto.

—De modo que así tratan ustedes a los niños en el orfanato —dice Inés—. ¿Tiene un nombre esa enfermedad para la que le dieron la inyección?

—No es una enfermedad. Es una inflamación de las articulaciones —dice la hermana Luisa—. Las inflamaciones no son raras en los chicos en edad de crecimiento.

—Qué estupidez —dice Inés—. Jamás oí decir que el crecimiento de un niño pueda ser tan rápido que le impida utilizar las piernas. Lo que han hecho es un escándalo.

La hermana Luisa no le presta atención. Hace frío, quiere volver a la acogedora enfermería.

—Adiós, David —dice, y lo saluda con la mano a través de la ventanilla.

Algunos chicos del orfanato que se han reunido por curiosidad también saludan cuando el coche arranca.

—Ahora tienes que contarnos qué ocurrió, David —dice Inés—. Comienza por el principio. ¿Qué pasó?

—No hay nada que contar. Estábamos en mitad de un partido, me caí y no pude levantarme; entonces me llevaron a la enfermería. Pensaban que me había quebrado, pero vino el médico y dijo que no.

—¿Te dolía?

—No. Me duele durante la noche.

—¿Y después? Dime qué pasó después.

Interviene él, Simón:

—Suficiente por ahora, Inés. Mañana lo llevaremos a un médico, a un médico como se debe, y tendremos un diagnóstico como se debe. Entonces sabremos cómo proceder. Entretanto, hijo, no puedo decirte qué contentos estamos tu madre y yo de que vuelvas a casa. Será un capítulo nuevo en el libro de tu vida. ¿Quién ganó el partido?

—Nadie. Ellos marcaron un buen gol; nosotros hicimos un buen gol y otro que no era tan bueno.

—En el fútbol, todos los goles cuentan, buenos o malos. Un buen gol más un gol malo son dos goles, de modo que ganaron ustedes.

—Dije «y». Dije que marcamos un buen gol *y* otro que no era tan bueno. «Y» no es lo mismo que «más».

Llegan al edificio. Pese al dolor de espalda, él tiene que cargar al niño a cuestas como si fuera una bolsa de papas.

Durante la velada, de a poquito, va surgiendo una historia más completa. Se enteran así de que aun antes del partido hubo anuncios de lo que ocurrió después: sin que nada lo hiciera prever, las piernas de David dejaban de sostenerlo y, de golpe, él quedaba desparramado en el suelo como si una mano gigantesca lo hubiera derribado. Un instante después, recuperaba sus fuerzas y se levantaba. Desde afuera, parecía que se había enredado en sus propios pies.

Pero llegó por fin un día en que se cayó y no recuperó la fuerza de las piernas. Quedó tendido en el campo, indefenso como un escarabajo, hasta que vinieron con una camilla y se lo llevaron. Desde entonces, estuvo en la enfermería sin asistir a clase.

La comida de la enfermería era horrible: cereales hervidos a la mañana y sopa con pan tostado por la noche. Todos los chicos detestan la comida y quieren irse.

Le dolían las piernas todo el tiempo. La hermana Luisa le daba ejercicios para fortalecerlas, pero no eran eficaces. El dolor empeoraba por la noche. A veces no lo dejaba dormir.

La hermana Luisa tenía un cuarto para ella junto a la sala, pero se ponía de mal humor si la despertaban, de modo que nadie la llamaba.

Le dolían las rodillas y también los tobillos. A veces, lo aliviaba acurrucarse con las rodillas contra el pecho.

Un día sí y otro no, el Dr. Fabricante hacía una breve visita porque inspeccionar la enfermería era una de sus obligaciones, pero jamás le hablaba porque estaba irritado, enojado porque David se había caído durante el partido.

—Estoy seguro de que no es así —dice él—. No me gusta el Dr. Julio, pero estoy seguro de que no guardaría rencor a un niño por estar enfermo.

—No estoy enfermo —dice David—. Tengo algo que no está bien.

—Decir que tienes algo que no está bien y que estás enfermo son maneras distintas de decir lo mismo.

—No son lo mismo. El Dr. Julio no cree que yo sea realmente huérfano. Solo me quiere en el orfanato para jugar al fútbol.

—Tampoco creo que sea así, pero ¿quieres todavía ser huérfano ahora que has visto lo que ocurre en el orfanato?

—Yo soy huérfano de verdad. Las Manos no es un orfanato de verdad.

—A mí me parece bastante real. ¿Cómo piensas que es un orfanato de verdad?

—Todavía no lo sé. Cuando lo vea, lo reconoceré.

—De todos modos —dice Inés—, ahora estás en casa, en el lugar que te corresponde. Has aprendido la lección.

El niño no contesta.

—¿Qué te gustaría comer? Puedes elegir lo que quieras. Es un día de fiesta para todos nosotros.

—Quiero puré de papas y arvejas. Y calabaza con canela. Y chocolate. Una taza bien grande.

—Bien. Voy a freír unos hígados de pollo para acompañar el puré.

—Ya no como carne de pollo.

—¿Eso te enseñan en el orfanato, que no debes comer carne de pollo?

—Lo aprendí yo solo.

—Has perdido mucho peso. Es necesario que recuperes fuerza.

—No necesito fuerza.

—Todos necesitamos fuerza. ¿Qué te parece algún pescado sabroso?

—No. Los peces también son seres vivos.

—Las papas también. Y las arvejas. Están vivas de otra manera. Si te niegas a comer cosas vivas, te consumirás y morirás.

El niño guarda silencio.

—Pero hoy es un día especial y no vamos a discutir —dice Inés—. Voy a hacer papas y arvejas y zanahorias. Calabaza no tenemos. Voy a comprarla mañana. Es hora de que te des un baño.

Ha pasado mucho tiempo desde la última vez que vio al niño desnudo, y lo que ve lo alarma. Los huesos de las caderas sobresalen como los de un viejo. Las articulaciones de las rodillas están hinchadas y tiene una fea lesión en carne viva en la parte inferior de la espalda.

—¿Qué te pasó en la espalda?

—No sé. Me dolía. Tengo dolores por todas partes.

—Pobrecito —dice él, y le da un torpe abrazo—. ¡Pobre niño! ¿Qué te ha sucedido?

El chico rompe en sollozos:

—¿Por qué tengo que ser yo? —se lamenta.

—Mañana veremos a un médico y él te dará un remedio que pronto te pondrá bien. Ahora, dediquémonos al baño, disfrutemos de la cena y luego Inés te dará una pastilla para que duermas. Te prometo que a la mañana todo te parecerá diferente.

Inés le da dos pastillas, no una, y el chico por fin se duerme, acurrucado sobre un costado, con las rodillas recogidas contra el pecho.

—Así que ha vuelto a casa —le dice él a Inés—. Después de todo, quizá no seamos tan malos padres.

Inés apenas esboza una sonrisa. Él le toma la mano, gesto que esta vez ella no rechaza

9

Consultan a un pediatra, un especialista en niños del hospital de la ciudad que una de las compañeras de Inés ha recomendado fervorosamente («Mi hijita solía toser y respirar con dificultad todo el tiempo y ningún médico daba en la tecla; estábamos desesperados. Entonces la llevamos al Dr. Ribeiro y desde entonces no tuvo un solo episodio más»).

El Dr. Ribeiro es un hombre de mediana edad, regordete, que empieza a perder el pelo. Lleva unos anteojos de marco tan grande que la cara casi desaparece tras ellos. Los saluda a Inés y a él con aire distraído: concentra toda su atención en David.

—Me dice tu mamá que tuviste un accidente cuando jugabas al fútbol. ¿Puedes explicarme exactamente lo que sucedió?

—Me caí. No solo me pasaba cuando jugaba al fútbol. Me caí muchísimas veces, solo que no se lo dije a nadie.

—¿No se lo dijiste a tus padres?

Es el momento en que David suele repetir que Inés y él no son sus verdaderos padres y que él, David, es un huérfano que está solo en el mundo. Pero no: mirando de frente al Dr. Ribeiro, el niño dice:

—No les dije nada. Tenía miedo de preocuparlos.

—Bien. Ahora cuéntame cómo son las caídas. ¿Solo te caes al correr o también te sucede al caminar?

—Me pasa todo el tiempo. También cuando estoy en la cama.

—Antes de caer, cuando estás a punto de caer, ¿sientes que pierdes el equilibrio?

—Me parece que el mundo se ladea y que me caigo y me quedo sin aire.

—¿Te da miedo cuando sientes que el mundo se ladea?

—No. No tengo miedo de nada.

—¿De nada? ¿Ni de los animales feroces? ¿Ni de los ladrones con una pistola?

—No.

—Entonces eres muy valiente. Cuando te caes, ¿pierdes la conciencia? ¿Sabes lo que esas palabras significan, perder la conciencia?

—No pierdo la conciencia. Veo todo lo que ocurre.

—¿Y cómo te sientes cuando estás a punto de caer, cuando empiezas a caerte?

—Me siento bien. Es como una borrachera. Oigo sonidos.

—¿Qué sonidos?

—Oigo cantar. Y unas campanillas que tintinean con el viento.

—Cuéntale al doctor de tus rodillas —dice Inés—. Del dolor en las rodillas.

El Dr. Ribeiro hace un gesto de advertencia con la mano.

—Llegaremos a las rodillas enseguida. Primero quiero saber más de las caídas. ¿Cuándo te caíste por primera vez? ¿Recuerdas cuándo?

—Estaba en la cama. Todo se movía. Me tuve que agarrar fuerte para no caerme de la cama.

—¿Hace mucho?

—Bastante.

—Bueno. Veamos ahora esas rodillas tuyas. Quítate la ropa y recuéstate de espaldas. Te ayudo. Tal vez sea mejor que tus padres salgan del consultorio.

Ellos dos esperan en un banco que hay en el corredor. Después de algún tiempo, el Dr. Ribeiro los llama.

—El joven David nos plantea un verdadero enigma. No estarán pensando ustedes en lo que antes llamaban «caídas malignas». Mi primera impresión es que no, pero habrá que confirmarla con otras observaciones. Las articulaciones están inflamadas y rígidas, no solo las de las rodillas, también las de las caderas y los tobillos. No me sorprende el dolor y no me sorprende que a veces se caiga. Vemos lo mismo en pacientes ancianos. ¿Hubo algún cambio reciente en la dieta que pueda causar esta reacción?

Inés y él se miran.

—No comía en casa —dice ella—. Estaba en el orfanato del otro lado del río.

—El orfanato de la otra orilla. Tal vez sea posible ponerse en contacto con ellos para averiguar si hubo otros casos además de David.

—Se llama Las Manos —dice él, Simón—. La persona a cargo de la enfermería es una tal hermana Luisa. Nos dijo que no sabía cómo tratar a David y nos pidió que lo lleváramos a casa. Ella debería estar en condiciones de darle la información que usted quiere.

El Dr. Ribeiro anota algo en su libreta.

—Me gustaría que David pasara un día o dos en observación en el hospital de la ciudad. Le voy a dar la orden de internación. Llévenlo mañana por la mañana. Empezaremos por hacer un test de su reacción a diversos alimentos. ¿De acuerdo, David? ¿Te parece bien?

—¿Voy a quedar lisiado?

—Por supuesto que no.

—¿Los otros chicos se van a contagiar?

—No. Lo que tienes no es transmisible, no es contagioso. Deja ya de preocuparte, jovencito. Te pondremos bien. Pronto volverás a jugar al fútbol.

—Y a bailar —dice él—. David es un gran bailarín. Toma clases en la Academia de Música.

—No me diga —comenta Ribeiro—. ¿Así que te gusta la danza?

El niño no le contesta y dice:

—No me caigo por los alimentos que como.

—No siempre sabemos qué hay en los alimentos que ingerimos. Especialmente en los alimentos enlatados o conservados.

—Ningún otro chico se cae. Yo soy el único.

El Dr. Ribeiro echa una mirada a su reloj.

—Te veré mañana, David. Entonces podremos seguir investigando.

A la mañana siguiente llevan al niño al hospital, donde les explican el avanzado régimen de la sala de niños: se permiten las visitas a cualquier hora del día o de la noche, excepto durante las rondas de los médicos.

Le asignan a David una cama junto a la ventana y luego se lo llevan para hacerle los primeros estudios. El niño vuelve unas horas después y parece contento.

—El Dr. Ribeiro me dará una inyección para que mejore. Van a traerla por tren en una caja de hielo, desde Novilla.

—Qué buena noticia. Pensé que el doctor te iba a hacer unas pruebas de alergia. ¿Cambió de idea?

—Tengo una neuropatía en las piernas y la inyección va a matar la neuropatía.

El niño pronuncia la palabra «neuropatía» con toda confianza, como si supiera lo que significa. ¿Y qué significa? Él se escabulle e interpela al único médico que encuentra, el médico de guardia.

—Mi hijo dice que le han diagnosticado una neuropatía. ¿Puede decirme qué es?

El médico de guardia no se compromete:

—«Neuropatía» es una descripción general. Es mejor que hable con el Dr. Ribeiro. Él se lo podrá explicar.

Entra entonces una enfermera.

—¡Ronda médica! —anuncia—. Las visitas tienen que despedirse.

David no se demora en la despedida. Pide que le traigan el *Quijote*. Y que le digan a Dmitri que venga a visitarlo.

—¿Dmitri? ¿Qué te ha hecho pensar en Dmitri?

—¿No lo sabías? Está aquí, en el hospital. Los médicos le hacen electrochoques para que no vuelva a matar a nadie.

—Por supuesto, no vas a ver a Dmitri. Si está aquí, debe de estar en una parte del hospital cerrada como una prisión, con rejas en las ventanas. Una parte reservada para las personas peligrosas.

—Dmitri no es peligroso. Quiero que venga a verme.

Inés no puede controlarse.

—¡De ninguna manera! —estalla—. ¡Eres una criatura! ¡No tienes nada que ver con ese ser abominable!

Caminan por los jardines del hospital esperando que los médicos terminen la ronda y discutiendo esta nueva complicación.

—No creo que debamos temer nada de Dmitri —dice él—. Está encerrado en el pabellón de psiquiatría, sin peligro para nadie. Además, pensemos un poco; ¿si fuera cierto que el tratamiento que le hicieron fue eficaz? ¿Si los medicamentos o los electrochoques lo transformaron en un hombre nuevo? En ese caso, ¿podemos prohibirle a David que lo vea?

—Es hora de ponerse firme con el niño. De terminar con esta tontería, la de Dmitri y la del orfanato —contesta Inés—. Si no nos imponemos ahora, perderemos autoridad para siempre. Reconozco que soy culpable. No voy a dedicar tanto tiempo a la tienda. Dejé las cosas en tus manos y tú eres muy indulgente, muy blando. David te lleva de las narices; lo veo todos los días. Y él necesita una mano firme. Necesita que alguien oriente su vida.

Él podría contestar muchas cosas, pero se contiene.

Le gustaría decir: «Orientar la vida de David habría sido posible cuando tenía seis años, pero ahora se necesitaría un domador de circo con una pistola y un látigo para dominarlo». Y querría agregar también: «Debemos hacer frente a la posibilidad de que nuestro papel de padres haya sido breve, de que ya no seamos útiles para él, de que haya llegado el momento de dejarlo en libertad para que siga su camino».

10

El Dr. Ribeiro los invita a sentarse y les brinda más información. La primera serie de estudios sugiere que David no sufre una reacción alérgica; ya se puede descartar esa hipótesis. Su afección es el síndrome de Saporta, una neuropatía que causa astenia, es decir, una patología de las vías nerviosas encargadas de transmitir señales a los miembros. Desgraciadamente, no se sabe mucho acerca del síndrome de Saporta. Se cree que su origen es genético. La enfermedad puede estar latente durante años antes de manifestarse en forma aguda, como sucedió con David. Por eso el médico tiene que preguntarles si en sus primeros años, tal vez en la cuna, el niño mostró alguno de los síntomas que pasa a enumerar de inmediato: contracciones musculares involuntarias o inexplicables punzadas dolorosas en los miembros. En cualquiera de las dos familias paternas, ¿hubo casos de trastornos neurológicos o parálisis? ¿Alguna vez tuvieron que hacerle al niño una transfusión de sangre? ¿Saben ellos que su grupo sanguíneo no es común?

Inés es quien contesta.

—David es adoptado. Lo recibimos ya crecido. No conocemos su historia familiar y no sabíamos nada de su grupo sanguíneo. Nunca le hicieron un análisis de sangre.

—Dicen que es adoptado. ¿Hay alguna manera de ponerse en contacto con los padres?

—No.

El Dr. Ribeiro anota algo y luego prosigue:

En ese momento, el lado izquierdo de David está más afectado que el derecho, pero el síndrome de Saporta es progresivo y, si no se lo frena, puede terminar en parálisis. En el peor de los casos —el peor y el menos frecuente—, el paciente puede perder la capacidad de deglutir o de respirar, y muere. (El médico no usa la palabra «muere» y dice, en cambio, «el paciente *pierde las funciones vitales*».) Pero David es un niño fuerte y sano; no hay razón para pensar que no responderá al tratamiento.

Inés habla de nuevo:

—¿Cuánto tiempo tendrá que estar internado?

El médico se da golpecitos en la boca con la estilográfica.

—Señora, vamos a hacer todo lo que podamos por él. Observaremos su evolución de cerca. Entretanto, le haremos fisioterapia para conservar el tono muscular y contrarrestar los efectos de un largo reposo en cama.

Entonces, él dice:

—David nos habló de un medicamento que traen de Novilla y ya está en camino.

—Estamos en contacto con colegas de Novilla. Voy a ser franco. No es un caso frecuente. Aquí en Estrella no tenemos demasiada experiencia con el síndrome de Saporta. ¿Deberíamos trasladarlo a Novilla para el tratamiento? Sin duda, allá hay más recursos. De modo que el traslado a Novilla es siempre una opción. Por otra parte, la familia, ustedes, está aquí, lo mismo que sus amigos, y es preferible que se quede. Por el momento.

—¿Qué pasa con el medicamento?

—También contribuye. Es un ataque por varios flancos al problema que presenta David. Puede ser que tenga que quedarse aquí bastante tiempo. Por suerte, hay una persona del equipo encargada de ayudar a los niños que pierden clases en la escuela. Una muchacha llena de vida. Os la voy a presentar.

—Espero que esa muchacha llena de vida no tenga ideas raras —dice Inés—. David ya ha tenido demasiados maestros con ideas raras. Quiero que lo traten como a una criatura normal.

El Dr. Ribeiro la mira con expresión socarrona.

—Es un chico inteligente. No tuve tiempo de hablar con él como se debe, pero aun así veo que es excepcional. Estoy seguro de que se llevará bien con la señora Devito.

—David ha sufrido demasiado ya a raíz de que lo trataran como una excepción. Muchas gracias. Todo lo que pedimos para él es una educación normal. Si él quiere ser una excepción, artista o rebelde o lo que esté de moda, podrá decidirlo más tarde, cuando crezca.

La señora Devito es joven y tan pequeña, de huesos tan diminutos, que apenas llega al hombro de Inés. Tiene un cabello rubio rizado que parece una aureola alrededor de su cabeza. Los recibe con entusiasmo en una oficina pequeña y atestada, que más parece un armario.

—¡Así que ustedes son los padres de David! Él me dice que es huérfano, pero ya sabemos que los chicos a esa edad no hacen más que inventar. Ya han visto al Dr. Ribeiro, de modo que saben que David tal vez se quede aquí algún tiempo. Es importante que mantenga la mente activa. También es importante que no se retrase con respecto a la escuela, especialmente en ciencias y matemáticas. No es difícil rezagarse en matemáticas y no poder ya recuperar el ritmo. Sería de gran ayuda que trajeran los textos escolares de David.

—No hay tales textos escolares —contesta él mirando a Inés—. No se lo voy a explicar ahora, es muy complicado. Digamos nada más que, pese a no ser huérfano, últimamente David asistía a las clases del orfanato Las Manos. Los encargados de esa institución no creen demasiado en los libros.

—En mi opinión —dice Inés—, usted debería empezar de nuevo desde el principio, desde el ABC, tiene que aprender a contar, como si no supiera nada, como si fuera pequeñito. Deberían enseñarle lo elemental, de modo que no pierda el tiempo mientras está internado. Eso es lo que yo sugeriría, como madre.

Hace apenas unos minutos que están en la oficina, pero él ya siente que falta aire. La cabeza le da vueltas.

—¿Le molesta que abra la puerta? —dice, y la abre.

Los rizos dorados de la señora Devito brillan bajo la luz.

—Voy a hacer todo lo que pueda por su hijo. Aun así, debo decirles… —La joven se inclina sobre el estrecho escritorio, en el cual no hay nada más que un pájaro de juguete hecho con cuentas y alambre, posado sobre una varita, que los mira con sus ojitos negros y lustrosos—. Aun así…

—¿Qué debe decirnos?

—Que aun en un momento difícil como este… —Sacude la cabeza—. Desde luego, tiene que aprender lo elemental. Pero en un momento como este, un niño necesita algo más que eso. Necesita un brazo en el que apoyarse.

Se calla esperando, mirándolos con intención, esperando que comprendan sus palabras. La que contesta es Inés:

—Señora, durante su corta vida, a David le han ofrecido muchos brazos para apoyarse y los rechazó todos. Lo que nadie le ofreció fue una educación como se debe. Es fácil para alguien que no tiene hijos propios… usted no tiene hijos, ¿verdad?

—No.

—Es fácil para alguien como usted decir lo que necesita David y lo que no. Pero yo lo conozco mejor que usted, y puedo decirle que lo que necesita es aprender como cualquier chico normal. Eso es todo. No tengo nada más que decir. —Inés recoge la cartera y se pone de pie—. Buenos días.

Él la alcanza cuando ella ya está caminando por el corredor a grades zancadas. Es espléndida. Tal vez con pretensiones de superioridad moral, tal vez obcecada, incluso belicosa, pero sin duda espléndida. Desde el primer momento en que la vio, supo que sería la verdadera madre para el niño.

—¡Inés! —la llama—. Ella se detiene y se vuelve.

—¿Qué hay? ¿Cómo te propones boicotearme ahora?

—No me propongo boicotearte. Todo lo contrario; te aseguro que te apoyo, que tienes todo mi apoyo. Adonde vayas, te seguiré.

—¿De veras? ¿Estás seguro de que no quieres ir detrás de esa linda chica que te comías con los ojos?

—Es a ti a quien sigo; a ti a quien respeto, no a otra persona. ¿Qué más puedo decirte?

Cuando se acercan a la sala de niños, oyen la voz de David, acompasada y segura:

—Don Quijote sabía que era una jaula, no una carreta, pero de todos modos dejó que el hechicero lo encerrara. Porque sabía que si quería…

Se detienen en la puerta. Sentada a los pies de la cama de David, escuchando lo que dice, hay una joven con uniforme de enfermera, oronda como una paloma. Alrededor de ella, se apiñan los otros niños de la sala.

—Quijote sabía que podía escaparse cuando quisiera porque no se había inventado ninguna cerradura capaz de derrotarlo. Entonces, el hechicero hizo restallar el látigo y los dos corceles comenzaron a tirar de la jaula en la que estaba el noble caballero. Los caballos se llamaban Sombra y Marfil. Marfil era blanco y Sombra, negro; tenían la misma fuerza, pero Marfil era un animal tranquilo que tenía siempre la cabeza en otra parte, siempre estaba pensando; Sombra, en cambio, era fiero y caprichoso; eso significa que quería hacer lo que se le antojaba, de modo que a veces el hechicero tenía que usar el látigo para que obedeciera. ¡Hola, Inés! ¡Hola, Simón! ¿Estaban escuchando mi historia?

La enfermera se puso de pie de un salto y se escabulló en el corredor con la cabeza gacha y aire de culpa.

Los niños, que llevaban todos el pijama color celeste del hospital, no les prestaron atención. Esperaban con impaciencia que David reanudara la narración. La más pequeña, una niñita con el pelo recogido en dos coletas, no tenía más de cuatro o cinco años; el mayor era un muchachito robusto en cuya cara ya apuntaba el bozo.

—Anduvieron y anduvieron hasta que al fin llegaron a la frontera de un extraño país. «Aquí os abandono, Don Quijote», dijo el hechicero. «Ese es el reino del Príncipe Negro, que ni siquiera yo me atrevo a pisar. Dejaré que Marfil, el caballo blanco, y Sombra, el caballo negro, os guíen ahora en vuestras aventuras.» Hizo restallar el látigo una vez más y los dos caballos emprendieron la marcha, llevando a Don Quijote y la jaula a esa tierra desconocida.

David se detuvo, mirando a lo lejos.

—¿Y? —dijo la pequeñita de las coletas.

—Mañana leo el resto y veré qué pasa con Don Quijote.

—Pero no le pasa nada malo, ¿verdad? —dice la chiquitina.

—A Don Quijote nunca le pasa nada malo porque es dueño de su destino —replica David.

—Qué suerte —contesta ella.

11

Está en el parque para el acostumbrado paseo de Bolívar cuando se le acerca corriendo un niñito de los departamentos de arriba que siempre le ha inspirado cariño: loco por el fútbol, pero demasiado pequeño para jugar en los partidos. Se llama Artemio, pero los otros chicos le han puesto como apodo «Perrito».

—¡Señor, señor! —grita—. ¿Es verdad que David se va a morir?

—No, desde luego que no. Es la primera vez que oigo semejante tontería. David está en el hospital porque le duelen las rodillas. Apenas mejore, estará de nuevo con nosotros jugando al fútbol. Verás.

—Entonces, ¿no se va a morir?

—Por supuesto que no. Nadie se muere porque le duelan las rodillas. ¿Quién te dijo que se iba a morir?

—Los chicos. ¿Cuándo va a volver?

—Ya te lo dije: apenas esté bien de nuevo.

—¿Puedo ir a verlo al hospital?

—Queda lejos. Tienes que tomar un autobús para ir, pero te prometo que David estará pronto de regreso. La semana próxima, o la siguiente.

Trata de olvidar la conversación con el pequeño Artemio, pero sin embargo siente inquietud. ¿De dónde habrán sacado los chicos esa idea de que David está mortalmente enfermo?

A la mañana siguiente, cuando llega a la sala de niños, se detiene en la puerta. Sentado sobre la cama de David hay un hombre vestido con el uniforme blanco de ordenanza del hospital. Tiene la cabeza junto a la del niño y los dos miran algo que está entre ellos, sobre el cubrecama. Solo cuando el hombre levanta la cabeza, él reconoce sobresaltado quién es. Es Dmitri, el hombre que mató a la maestra de David, el que la estranguló y fue sentenciado por un tribunal a cadena perpetua. Ha vuelto ahora como un espíritu maligno para rondar al niño, y parece que ¡están jugando a los dados!

Él, Simón, entra a la habitación dando grandes zancadas.

—¡Aléjate de mi hijo! —vocifera.

Con una apacible sonrisa, Dmitri guarda los dados en el bolsillo y retrocede un paso. Los otros niños de la sala miran estupefactos; una niña comienza a gimotear y entra corriendo una enfermera.

—¿Qué hace este hombre aquí? —pregunta él—. ¿No os dais cuenta de quién es?

—¡Cálmese, señor! —contesta la enfermera—. Es ordenanza; limpia las habitaciones.

—¡Ordenanza! ¡Es un delincuente condenado por asesinato! Debería estar en la sala de psiquiatría. ¿Cómo es que le permiten estar aquí, sin custodia, entre los niños?

La joven enfermera retrocede, alarmada.

—¿Es verdad? —murmura, y la niña que lloraba, gime aún más fuerte.

Entonces, el propio Dmitri habla.

—Todo lo que ha dicho este caballero es verdad, joven, la pura verdad. Pero antes de hacer un juicio apresurado, piense un poco. ¿Por qué cree que el tribunal, con toda su sabiduría, no me destinó a una de las muchas prisiones que tiene sino a este hospital? La respuesta es evidente. Salta a la vista: para que pudiera recuperarme. Curarme. Para eso están los hospitales. Y ahora estoy curado. Soy un hombre nuevo. ¿Quiere una prueba? —Busca en el bolsillo y saca una tarjeta—. Dmitri. Es mi nombre.

La enfermera lee la tarjeta y se la alcanza. «Ciudad de Estrella. Departamento de Salud Pública. Número de empleado 15726.» Hay una fotografía de Dmitri, que mira directamente a la cámara.

—No creo lo que dice —murmura él—. ¿Hay alguien con quien pueda hablar, alguna persona responsable?

—Puedes hablar con todos los que quieras —contesta Dmitri—, pero yo soy el que soy. ¿Cómo crees que un hombre se libra del demonio que ha estado sugiriéndole malos consejos durante años? ¿Sentado acaso día y noche en una celda solitaria, con pensamientos lúgubres? No. La respuesta es otra: se libra ofreciéndose para las faenas más bajas, las que la gente decente desprecia. Por eso estoy aquí. Friego los pisos. Limpio los baños. Y así me reformo. Me transformo en un hombre nuevo. Pago mi deuda con la sociedad. Me gano el perdón.

El antiguo Dmitri, ese que él recuerda, era un hombre fornido, con exceso de peso. Llevaba el pelo largo y su ropa olía a tabaco. El nuevo Dmitri es más delgado, se mantiene erguido y no tiene olor, o huele a desinfectante. Lleva el pelo corto, unos rulos casi pegados al cuero cabelludo. Antes el blanco de sus ojos tenía un color turbio amarillento; ahora brilla e indica buena salud. ¿Será cierto que Dmitri se ha convertido en un hombre nuevo, que se ha reformado? Evidentemente, sí. Con todo, él tiene dudas, muchas dudas.

La enfermera alza en brazos a la niña que llora e intenta consolarla. Él se dirige a Dmitri:

—Sobre todo, mantente alejado de David —dice entre dientes—. Si vuelvo a encontrarte con él, no soy responsable de mis acciones.

Dmitri agacha la cabeza casi con docilidad, levanta el balde y se va. Desde la cama, David ha observado con una sonrisa abstraída el espectáculo de esos dos hombres adultos que disputan por él.

—¿Por qué estás disgustado, Simón? ¿No estás contento de que Dmitri me haya encontrado? ¿Sabes cómo fue? Él oía que yo lo llamaba. Me dijo que mi voz sonaba como una radio en su cabeza y le pedía que viniera.

—Cosas que dicen los dementes, que oyen voces en su cabeza.

—Me prometió venir todos los días. Dice que se curó de la locura, que ya no va a matar gente.

La enfermera interviene:

—Lamento interrumpir, señor, pero ¿usted es el padre de David?

—Sí. Hasta donde puedo, cumplo las obligaciones de un padre.

—En ese caso —dice ella (según la placa que lleva es la hermana Rita)—, ¿podría pasar por la Administración? Es urgente.

—Voy enseguida. —Cuando ella se aleja y ya no puede oír, le pregunta a David—: ¿Te gusta la hermana Rita? ¿Te trata bien?

—Todos me tratan bien. Quieren que esté contento. Piensan que me voy a morir.

—Qué tontería —dice él sin vacilar—. Nadie se muere porque le duelen las rodillas. Ahora me voy a ver qué quiere la gente de la Administración. Vuelvo enseguida.

De las dos ventanillas que hay, elige la que está atendida por una mujer de más edad, de aspecto más amable.

—Vengo por un niño que se llama David —dice inclinándose para hablar por la abertura recortada en el vidrio—. Me dicen que hay un asunto urgente.

La mujer revuelve los papeles que tiene sobre el escritorio.

—Sí, tengo unos formularios en alguna parte… Aquí están. Hay que firmar un formulario de consentimiento y otro para la internación. ¿Usted es el padre?

—No, pero lo sustituyo. El padre es desconocido. Es una historia larga y complicada. Si necesita una firma, puedo firmar todo lo que sea necesario.

—Necesito el número de documento del niño.

—Si no me equivoco es 125711N.

—Ese es un número de Novilla. Necesito el número de Estrella.

—¿No se puede usar el de Novilla? No tendrán la intención de negarse a tratar a un niño solo porque venga de Novilla.

—Es por los archivos. Cuando venga de nuevo, por favor, traiga la tarjeta de Estrella con el número de aquí.

—Por supuesto. Me dijo que había otro formulario.

—El consentimiento. Debe firmarlo uno de los padres o el tutor legal.

—Firmo yo en calidad de tutor. Ha estado a mi cuidado casi toda su vida.

Ella observa mientras él firma.

—Eso es todo. No se olvide de traer la tarjeta.

Cuando vuelve a la sala encuentra tal cantidad de personas alrededor de la cama que no puede ver a David. No solo están allí la hermana Rita y la maestra de los rizos dorados y largos pendientes, la señora Devito, sino unos cinco o seis niños de los edificios de departamentos, además de otros dos del orfanato: María Prudencia y un muchacho muy alto y delgado cuyo nombre no conoce. Apoyado contra la pared más lejana también está Dmitri, que lo mira con expresión sardónica. David está hablando y dice:

—El caballo blanco tenía un poder secreto; si quería podía sacar alas. Cuando el carro estaba por entrar al río, Marfil extendió las alas, que eran más anchas que las de dos águilas juntas, y el carro voló por encima de las aguas sin mojarse siquiera.

»El caballo negro, Sombra, no tenía alas, pero tenía otro poder secreto. Podía modificar el material del que estaba hecho y volverse pesado como una piedra. Sombra odiaba a Marfil. Era exactamente lo opuesto de Marfil, en todo. Entonces, cuando sintió que el carro volaba por el aire, se convirtió en piedra, y pesaba tanto que pronto tuvieron que volver a la tierra.

»Así fue que los dos caballos al galope, el blanco y el negro, fueron arrastrando a don Quijote cada vez más hacia el interior del desierto. Hasta que se levantó un viento muy fuerte y las nubes de polvo los envolvieron totalmente y ya nadie podía verlos.

Larga pausa. El pequeño Artemio, a quien llaman «Perrito», interrumpe el silencio.

—¿Y entonces?

—Ya nadie podía verlos —repite David.

—¿Pelearon los dos caballos? —insiste el niño.

—Ya nadie podía verlos —le dice María Prudencia entre dientes—. ¿No entiendes?

—Pero Don Quijote vuelve —dice el chico alto del orfanato—. Tiene que volver del desierto; si no, no llegaremos nunca al fin de la historia. No sabremos que envejeció y murió.

María no contesta.

—No murió —dice Dmitri.

Todos lo miran. Dmitri se apoya en el cepillo de fregar, disfrutando de la atención que ha despertado.

—Eso de que murió no es más que una historia —dice—. Una historia que alguien escribió en un libro. No es verdad. Desapareció en medio de la tormenta, en esa carreta arrastrada por dos caballos, como les dijo David.

—Pero entonces —porfía el chico alto—, si no es verdad que murió, si no es más que una historia, ¿cómo sabemos que hubo una tormenta? ¿Cómo sabemos que la tormenta no es también una historia?

—Porque David lo acaba de decir. La carreta, el desierto, la tormenta, todo eso lo dice David. Lo de envejecer y morir, eso lo dice un libro. Cualquiera pudo haberlo inventado. ¿No es así, David?

El niño no responde la pregunta. Tiene esa sonrisa que él conoce tan bien, una sonrisita que da a entender que David sabe algo que los demás ignoran, una sonrisita que siempre lo ha irritado.

—¿Servirá que les cuente toda la historia de Don Quijote? —interviene entonces él, Simón, casi sin darse cuenta—. *Don Quijote* es el nombre de un libro que encontré en una biblioteca de Novilla cuando nosotros tres, David, su madre y yo, vivíamos allí. Lo llevé en préstamo y se lo di a David para que lo leyera. En lugar de devolverlo a la biblioteca como un buen ciudadano, David se quedó con el libro. Lo usaba para practicar lectura en español porque, como todos nosotros, tenía que aprender bien el idioma. Lo leyó tantas veces que aprendió el libro de memoria. *Don Quijote* llegó a ser una parte de él mismo. El libro comenzó a hablar con su voz.

Dmitri lo interrumpe:

—¿Por qué nos dictas esta conferencia, Simón? No es interesante. Queremos oír la historia de David, no la tuya.

Entre los niños se oye un murmullo de aprobación.

—Muy bien —dice Simón—. Renuncio. Me callo.

Y David retoma la historia.

—Alrededor solo había oscuridad. Luego, a la distancia, Don Quijote vio una luz. Al acercarse, se dio cuenta de que era una zarza que ardía. De esa mata salía una voz que decía: «Ha llegado la hora de elegir, Don Quijote. Debes entregarte al caballo blanco, Marfil, o al caballo negro, Sombra». Y Don Quijote dijo con audacia: «Iré allí donde me lleve el caballo negro».

»De inmediato, los barrotes de la jaula se desmoronaron. El caballo blanco levantó los cascos de las huellas que había dejado, desplegó las alas, ascendió volando a los cielos y nadie lo vio nunca más. Quedó Sombra, el caballo negro, para tirar del carro.

Nuevo silencio del niño, que tiene el ceño fruncido.

—¿Qué pasa, David? —pregunta el pequeño Artemio, que no parece tener miedo de hacer preguntas.

David no le presta atención

—¡Calma! —dice la hermana Rita—. David está cansado. Vamos, niños, dejemos que David descanse.

Los chicos no le hacen caso. David mira a lo lejos, con el ceño aún fruncido.

—¡Gloria! —exclama Dmitri—. ¡Gloria, gloria, gloria!

—¿Qué quiere decir «gloria»? —dice Artemio.

Dmitri apoya el mentón en el mango del cepillo y devora a David con los ojos.

Es evidente que algo está sucediendo entre Dmitri y David. Pero ¿qué? ¿Acaso Dmitri está recuperando la influencia que tenía antes sobre el niño?

Con una firmeza que lo sorprende, la hermana Rita empuja a los niños para que se alejen de la cama y corre la cortina que la rodea.

—Por hoy se terminaron los cuentos —dice enérgicamente—. Si quieren más, vuelvan mañana. Lo mismo le digo a usted, señor Simón.

12

Cuando Inés vuelve a la casa, él no tiene más remedio que contarle que Dmitri ha vuelto a aparecer.

—Como un genio salido de una botella —le dice—. Un genio maligno. El peor de todos.

Inés recoge sus llaves.

—Ven, Bolívar —dice.

—¿Adónde vas?

—Si eres tan débil que no puedes proteger a David de ese loco, yo no lo soy.

—Déjame ir contigo.

—No.

Él la espera hasta medianoche, pero ella no vuelve. A la mañana, él toma el primer autobús con rumbo al hospital. La cama del niño está vacía. Una enfermera le informa que han trasladado a David a una habitación para él solo y le indica el camino (solo es una precaución, agrega). Junto a la cama duerme Inés, desplomada sobre un sillón, con los brazos cruzados sobre el pecho. David también duerme. Solo Bolívar advierte su llegada.

El niño está tendido sobre un costado, con las rodillas recogidas que le tocan la barbilla. Continúa con el ceño fruncido, como si estuviera concentrado en algo; tal vez sea un gesto de dolor.

Él apoya una mano en el hombro de Inés.

—Soy yo, Inés. Vengo a reemplazarte.

La primera vez que la vio, hace ya cuatro años, podía parecer joven todavía. Tenía la piel tersa, los ojos luminosos, el paso ágil. Ahora, la radiante luz matutina pone cruelmente de manifiesto los estragos del tiempo. Inés tiene dos líneas verticales en las comisuras y se ven ya los primeros mechones grises en el cabello. Él nunca la amó como hombre, pero ahora por primera vez siente pena por ella, por una mujer a quien la maternidad le ha traído más amarguras que alegrías.

—¿Por qué estoy aquí?

El niño se ha despertado de repente y lo observa con intensidad, inmóvil. Habla en susurros.

—Estás enfermo, hijo. —Él también susurra—. Estás enfermo y el hospital es el mejor lugar para que te mejores. Debes tener paciencia y hacer lo que los médicos y las enfermeras te indican.

—Pero, ¿por qué estoy *aquí*?

Pese a que hablan en voz baja, Inés se despierta.

—No entiendo tu pregunta. Estás aquí para que te curen. Una vez curado, podrás hacer tu vida normal. Solo hay que esperar que encuentren el remedio exacto para tu enfermedad. Ya verás.

—Pero, ¿por qué estoy *yo* aquí?

—¿Por qué estás *tú* aquí? Porque has tenido mala suerte. Había gérmenes en el aire y, desgraciadamente, eligieron atacarte a ti. Es todo lo que puedo decir. En cualquier vida hay momentos mejores y peores. Antes tuviste buena suerte; ahora tienes mala suerte. Cuando te recuperes, cuando estés bien de nuevo, lo que ha sucedido te fortalecerá.

David aguarda impasible, espera que el sermón moral termine.

—Pero, ¿por qué estoy yo *aquí*? —repite luego, como si se dirigiera a un niño tonto, un niño lerdo para entender.

—No te entiendo. Aquí es aquí. —Hace un amplio ademán que abarca no solo esa habitación, con sus paredes blancas y una planta en el alféizar de la ventana, sino el hospital, los jardines y el mundo entero—. *Aquí* es el lugar donde estamos, nada más. En cualquier parte en que estoy, es mi aquí, es el aquí para mí. En cualquier parte en que estés tú, es tu aquí. No sé explicarlo mejor. Ayúdame, Inés. ¿Qué es lo que me pregunta?

—No te pregunta nada. Sabe desde hace mucho que no tienes respuesta para nada. Es una pregunta para todos. Es un ruego.

No es la voz de Inés. Viene de atrás; es la voz de Dmitri. Con su pulcro uniforme de ordenanza, Dmitri está de pie en el vano de la puerta, junto a la saludable y chispeante señora Devito, que lleva un fajo de papeles.

—Un paso más y llamo a la policía —dice Inés—. No estoy bromeando.

—Escuchar es obedecer, señora —dice Dmitri—. Tengo enorme respeto por la policía. Pero su hijo no le está pidiendo que analice oraciones gramaticalmente; le pregunta por qué está aquí. Para qué. Con qué fin. Pide una respuesta al gran misterio que todos, hasta el microbio más humilde, tenemos que encarar.

Entonces habla él, Simón.

—Quizá no tenga respuestas, Dmitri, pero no soy tan tonto como crees. Aquí es el lugar donde me encuentro; me encuentro aquí y no en otra parte. No hay en ello ningún misterio. No hay ningún porqué.

—Tuve una maestra que decía lo mismo. Si le preguntábamos por qué y no sabía la respuesta, no contestaba. «No hay ningún porqué», decía. No la respetábamos en absoluto. Una buena maestra sabe por qué. ¿Por qué estamos aquí, David? Dinos, por favor.

El niño hace un esfuerzo por incorporarse en la cama. A él, a Simón, se le ocurre por primera vez que la enfermedad puede ser grave. Con ese pijama azul del hospital, parece lastimosamente flaco. Y hace unos meses solamente recorría el campo de fútbol como un joven dios. Además, tiene un semblante preocupado y apenas parece oírlos.

—Quiero ir al baño —dice—. ¿Puedes ayudarme, Inés?

Tardan mucho en regresar.

Él, Simón, se dirige a la maestra.

—No me sorprende, señora, que este hombre, Dmitri, esté rondando alrededor de mi hijo. Es como un parásito que se le adhirió hace mucho tiempo y no lo deja en paz. Pero, ¿qué hace usted aquí a esta hora?

—Hoy empezamos las clases con David —contesta ella—. Vamos a comenzar temprano para que él pueda descansar algo antes de que lleguen sus amigos.

—¿Y cuál es la lección de hoy?

—No será una lección sobre cómo relatar historias, dado que David es un narrador tan talentoso. No, hoy vamos a volver a los números.

—¿Los números? Si se refiere a la aritmética, pierde el tiempo. David es negado para la aritmética. En particular, para las restas.

—Se puede quedar tranquilo, señor, no vamos a hacer restas. La sustracción, la adición, la aritmética en general tienen poca importancia para alguien que afronta una crisis tan profunda en su vida. La aritmética es para alguien que se propone salir al mundo, comprar y vender. No. Vamos a estudiar los números enteros, el uno, el dos, el tres, etcétera. Eso acordamos con David. La teoría de los números; lo que uno puede hacer con los números y qué sucede cuando los números se acaban.

—¿Cuándo los números se acaban? Creía que los números no tenían fin.

—Es verdad y no es verdad. Esa es una de las paradojas que debemos afrontar: que algo sea verdad y a la vez no lo sea.

—Inteligente, esta mujer, ¿no? —dice Dmitri—. ¡Tan bonita y tan inteligente! Y entonces hace algo inesperado: abraza a la diminuta maestra, situación que ella soporta con una mueca, pero sin protestas. ¡«Que sea verdad y a la vez no lo sea»! —repite Dmitri.

¿Habrá algo entre ellos dos: entre la señora Devito, la maestra, y Dmitri, el encargado de la limpieza?

—Usted dice que David está frente a una crisis, señora. ¿A qué se refiere? David ha tenido uno o dos episodios de una neuropatía pero, por lo que sé, no se trata de una enfermedad grave, ni siquiera se trata de una enfermedad sino de una descripción general. ¿Por qué la palabra «crisis»?

—Porque un hospital, señor, no es cualquier lugar. Toda persona internada en un hospital afronta una crisis, está en un punto de inflexión en la vida. De lo contrario, no estaría allí. Por otra parte, desde cierto punto de vista, se puede decir que todo momento de la vida es un momento de crisis: el camino se bifurca ante nosotros y elegimos el de la izquierda o el de la derecha.

«Elegimos el de la izquierda o el de la derecha»: él, Simón, no tiene idea de qué habla esa mujer.

Vuelve el niño caminando torpemente, apoyado en Inés. Con una mirada, ella le indica a Dmitri que se aparte de su camino.

—Ahora me voy, querido —le dice ella a David—. Me necesitan en la tienda. Me llevo a Bolívar. Se queda Simón para cuidarte; yo volveré a la noche. Y te voy a traer algo rico para comer. Ya sé lo aburrida que puede ser la comida del hospital.

«Querido.» Hace mucho tiempo que no oía esa palabra en labios de Inés.

—Vamos, Bolívar —dice ella.

Acurrucado bajo la cama de David, el perro no se mueve.

—Déjalo —dice él—. Seguramente a la gente del hospital no le importa que pase la noche aquí. Si ensucia, no será nada del otro mundo: Dmitri puede limpiarlo; para eso le pagan. Yo lo llevaré a casa en el autobús.

Acompaña a Inés hasta el estacionamiento. Cuando llegan al coche, ella lo mira. Tiene lágrimas en los ojos.

—Simón, ¿qué le pasa? —murmura—. Me estuvo hablando. Siente que se va a morir y está asustado. ¿Le hará bien quedarse internado? ¿No crees que deberíamos llevarlo a casa para cuidarlo como se debe?

—No podemos, Inés. Si lo llevamos a casa, nunca sabremos qué le pasa. Sé que no tienes mucha fe en estos médicos.

Tampoco yo, pero les daría algo más de tiempo; hacen todo lo que pueden. Por otra parte, podemos cuidarlo, vigilar que no corra peligro. Estoy de acuerdo contigo, está asustado. Yo también lo veo, pero es ridículo decir que se está muriendo. Es solo un rumor que corre entre los chicos y que no tiene fundamento.

Inés busca en la cartera, saca un pañuelo de papel y se suena la nariz.

—Quiero que mantengas lejos de él a ese tipo, Dmitri. Y si ves que David se cansa, dile a la maestra que no continúe la lección.

—Te lo prometo. Ahora vete. Te veo a la noche.

13

El Dr. Ribeiro está en su consultorio.

—¿Puedo molestarlo un minuto? Ha pasado algún tiempo desde la última vez en que tuvimos un informe suyo sobre la evolución de David.

—Por favor, siéntese. El caso de su hijo ha resultado difícil. No responde al tratamiento tan bien como querríamos, y eso nos preocupa. He discutido el caso con un colega de Novilla que se especializa en problemas reumáticos, y decidimos hacer una nueva serie de estudios. No voy a entrar en detalles, pero, según usted nos dijo, David tomó clases sistemáticas de danza siendo muy niño, y en los últimos tiempos practicó deportes, entre ellos fútbol. Con esa información, vamos a indagar si las articulaciones, las rodillas y los tobillos en particular, son el foco de una reacción.

—¿Una reacción a qué?

—Demasiada tensión a edad muy temprana. Hemos tomado muestras de fluido, que enviamos al laboratorio. Espero el resultado hoy mismo o mañana a más tardar.

—Entiendo. ¿Es frecuente que los niños que realizan mucha actividad física tengan este tipo de reacción?

—No, no es frecuente. Pero es posible. Tenemos que investigar todas las posibilidades.

—David tiene dolores durante buena parte del tiempo. Ha perdido peso. Para mí, no tiene buen aspecto. Además, está asustado. Alguien, no sé quién, le ha dicho que se va a morir.

—Eso es totalmente absurdo. Tomamos con seriedad las preocupaciones de los pacientes, señor Simón. No sería correcto ignorarlas. Pero no es verdad en absoluto que David esté en peligro. Como ya le dije, es un caso difícil; incluso puede haber un elemento idiopático, pero nos estamos dedicando a él. Resolveremos el misterio. Tarde o temprano, podrá retomar el fútbol y la danza. Puede decírselo de mi parte.

—¿Y las caídas? Como recordará, los problemas no empezaron con el dolor de las articulaciones. Comenzaron con las caídas cuando jugaba al fútbol.

—Las caídas son otro tema, acerca del que puedo hablar sin ambigüedades. Tienen una simple causa neurológica. Estaremos en condiciones de dedicarnos a los espasmos que desencadenan las caídas cuando mejore el resto de su salud, cuando la inflamación ceda y ya no tenga dolores. Hay varios diagnósticos posibles que podemos explorar: alguna perturbación vestibular que se manifiesta como vértigo, por ejemplo, o un trastorno poco frecuente que se llama corea. Determinar cuál es el problema lleva tiempo. No podemos apurar al organismo mientras se está recuperando. Una vez recuperado el estado orgánico, podremos iniciar ejercicios para fortalecer los músculos. Y ahora, si me disculpa…

Él deambula como en sueños por los jardines del hospital aguardando que termine la lección de la señora Devito para estar solo con David.

—¿Qué tal la clase? —le pregunta.

El niño no responde.

—Inés me fricciona las piernas —le dice—. ¿Puedes hacerlo tú también?

—¡Por supuesto! ¿Te alivia el dolor?

—Un poco.

Con cautela, el niño se estira y se baja los pantalones. Él le fricciona los muslos y las pantorrillas con una crema que hay en el botiquín; lo hace con cuidado para no ejercer presión sobre las hinchadas rodillas.

—Inés quiere ser buena conmigo; quiere ser mi madre, pero en realidad no puede, ¿no es cierto?

—Desde luego que puede. Se dedica a ti como solo una madre puede hacerlo.

—Ella me gusta aunque no pueda ser mi madre. Y también me gustas tú, Simón. Me gustan los dos.

—¡Qué suerte! Los dos te queremos y siempre vamos a cuidarte.

—Pero no pueden evitar que me muera, ¿no?

—Sí que podemos. Ya verás. Los dos vamos a ser viejitos cuando llegue el momento de tu plenitud. Entonces serás un bailarín famoso, o un futbolista famoso, o un famoso matemático, lo que se te ocurra. Tal vez seas todas esas cosas a la vez. Y estaremos muy orgullosos de ti, te lo aseguro.

—Cuando era chico quería ser como Don Quijote y rescatar gente, ¿te acuerdas?

—Claro que me acuerdo. Rescatar gente es un ideal encomiable. Y aun cuando no hagas profesión de rescatar gente como Don Quijote, puedes hacerlo en el tiempo libre, cuando no estés trabajando en matemáticas o jugando al fútbol.

—¿Bromeas, Simón?

—Sí, es una broma.

—¿Las matemáticas son lo mismo que los números?

—En cierto sentido. Si no hubiera números, no habría matemáticas.

—Entonces, creo que trabajaré con números, y no con matemáticas.

—Cuéntame cómo fue la lección con la señora Devito.

—Le conté cómo se danza el siete y cómo se danza el nueve, pero ella dice que la danza no es importante. Dice que no te prepara para la vida. Y que hay que aprender matemáticas porque todo sale de las matemáticas. Dice que si uno es muy inteligente, no necesita pensar con palabras, que puede pensar con las matemáticas. Es amiga de Dmitri. ¿Crees que va a matarla?

—De ninguna manera. Jamás habrían permitido que Dmitri saliera del pabellón de reclusos si pensaran que va a matar gente. Dmitri se ha reformado. Está curado y reformado. Los médicos tuvieron mucho éxito con su tratamiento. Y también lo tendrán contigo. Debes tener paciencia.

—Dmitri opina que los médicos no saben lo que dicen.

—Él no sabe nada de medicina. Solo es ordenanza, una persona que hace la limpieza. No le prestes atención.

—Dice que si me muero, él se matará para seguirme. Dice que soy su rey.

—Siempre estuvo un poco trastornado, medio loco. Voy a hablar con el Dr. Ribeiro y pedirle que lo trasladen a otro piso. Estas conversaciones morbosas no te hacen bien.

—Dice que cuando alguien se muere, él lo lleva al sótano y lo pone en el congelador. Que ese es su trabajo. ¿Te parece que es cierto? ¿Realmente ponen a la gente en el congelador?

—Basta ya, David. Basta de charla morbosa. ¿Te aliviaron algo las fricciones?

—Un poco.

—Ahora, súbete los pantalones. Me voy a sentar y te sostendré la mano, de modo que los dos podamos dormir una siesta para que te sientas bien y despabilado cuando vengan tus amigos.

El niño duerme de a trechos durante las dos horas siguientes. Cuando los otros chicos llegan, tiene mejor aspecto y hay brillo en sus ojos.

Los visitantes son menos que en el día anterior, pero entre ellos están el pequeño Artemio, María Prudencia y el muchacho alto del orfanato. María trae un ramillete de flores silvestres que coloca sin ceremonias sobre la cama. Empieza a caerle simpática.

—¿Qué quieren oír? —dice David—. ¿Algo más de Don Quijote?

—¡Sí! ¡Don Quijote! ¡Don Quijote!

—Don Quijote cabalgó y cabalgó en medio de la tormenta. El cielo estaba oscuro y la arena se arremolinaba a su alrededor. De pronto, a la luz de un relámpago vio los muros de un castillo. Se detuvo al pie de las almenas y vociferó: «¡Atención, ha llegado el intrépido Don Quijote! ¡Abrid las puertas!». Tuvo que repetirlo tres veces antes de que las puertas se abrieran crujiendo. Y Don Quijote entró en el castillo montado en Sombra, su corcel.

»Apenas había entrado, las puertas se cerraron de golpe tras él como una trampa y se oyó una voz atronadora: "¡Bienvenido al Castillo de los Extraviados, Don Quijote! Soy el príncipe de las Tierras Desiertas y desde hoy serás mi esclavo".

»Entonces, esbirros armados de palos y porras se abalanzaron sobre Don Quijote. Aunque él se defendió con valor, lo arrancaron del caballo, lo despojaron de su armadura y lo arrojaron a un calabozo, donde se encontró entre decenas de otros desdichados viajeros que el príncipe de las Tierras Desiertas había capturado y esclavizado.

»—¿Sois vos el famoso don Quijote? —preguntó el jefe de los esclavos.

»—Yo soy —contestó él.

»—¿Sois ese Don Quijote de quien se dice que "no hay cadena que lo amarre ni mazmorra que lo aprisione"?

»—El mismo —dijo Don Quijote.

»—Entonces, liberadnos, Don Quijote —imploró el jefe de los esclavos—. ¡Libradnos de nuestro espantoso destino!

»—¡Liberadnos! ¡Liberadnos! —dijo un coro de voces de los otros esclavos.

»—No dudéis de que voy a liberaros —respondió Don Quijote—. Pero tened paciencia. El momento y el modo de hacerlo aún no se me figura.

»—¡Hacedlo ya! —dijeron a gritos los esclavos—. Hemos tenido demasiada paciencia. Si sois realmente Don Quijote, ¡ponednos en libertad! ¡Haced que nuestras cadenas se rompan! ¡Que los muros de esta prisión se desmoronen!

»Al oírlos, Don Quijote se enojó.

»He tomado la orden de la caballería andante —dijo—. Recorro el mundo enderezando entuertos, pero no hago trucos de magia. Me pedís milagros, mas no me dais de comer ni de beber. ¡Vergüenza debería daros!

»Los esclavos se sintieron abochornados, trajeron alimentos y bebida y le rogaron a Don Quijote que perdonara su descortesía.

»—Haremos todo lo que ordenéis, Don Quijote. Liberadnos de este cautiverio y os seguiremos hasta el fin de la tierra.

Llegado a este punto, David se detiene. Los niños esperan en silencio que continúe.

—Estoy cansado ahora —dice él—. No voy a seguir.

—¿No puedes contarnos solamente qué sucedió después? —pregunta el chico alto—. ¿Don Quijote libera a los prisioneros? ¿Logra escapar del castillo?

—Estoy cansado. Está todo oscuro.

David se abraza las rodillas, las recoge contra el pecho y se desliza adentro de la cama. Su rostro tiene una expresión ausente.

Se acerca Dmitri y lleva un dedo a sus labios.

—Es hora de irse, mis jóvenes amigos. Ha sido un día muy largo para nuestro maestro, necesita descansar. Pero, ¿qué tengo aquí?

Hunde la mano en el bolsillo y saca un puñado de caramelos que lanza a derecha e izquierda.

—¿Se va a mejorar David? —Quien pregunta es el pequeño Artemio.

—¡Desde luego! ¿Acaso creéis que una banda de pigmeos con guardapolvo blanco puede dominar al valeroso David? No: ni todos los médicos del mundo podrían. Nuestro David es un león, un verdadero león. Ya veréis mañana.

Y empuja a los niños por el corredor.

Él lo sigue.

—¡Dmitri! ¿Podemos hablar un instante? Lo que dijiste sobre los médicos… ¿no te parece irresponsable menospreciarlos en presencia de David? Si no estás del lado de ellos, ¿de qué lado estás?

—Del lado de David, por supuesto. Del lado de la verdad. Conozco bien a estos médicos, Simón, y a toda su pretendida ciencia. ¿Piensas que no se aprenden algunas cosas sobre ellos limpiando los desastres que dejan? Te digo: no tienen idea de qué le pasa a su hijo, ni la menor idea. Sobre la marcha, van armando una historia… y esperan que las cosas salgan bien. Pero no te preocupes. David mismo se curará. ¿No me crees? Ven y escúchalo de sus propios labios.

Cuando ellos vuelven, David los mira sin expresión.

—David, dile a Simón lo que me dijiste a mí. ¿Tienes fe en estos médicos? ¿Crees que pueden salvarte?

—Sí —murmura el niño.

—Muy generoso de tu parte —dice Dmitri—. No es lo que me dijiste a mí. Aunque siempre has sido así, generoso y tierno y considerado. Simón está preocupado por ti. Cree que estás empeorando y le dije que no se preocupara. Le dije que tú mismo te curarás, ¿no es cierto? Como yo me curé arrojando fuera de mí la maldad.

—Quiero ver a Jeremías —dice el niño.

—¿Jeremías? —dice él, Simón.

—Se refiere al cordero Jeremías —dice Dmitri—. El que tenían en el pequeño zoológico de la Academia. Jeremías ha crecido, hijo, dejó de ser un cordero y se ha transformado en oveja. Puede ser que anoche te hayas comido un trozo del lomo de Jeremías.

—No creció. Está allí todavía. Simón, ¿puedes traerme a Jeremías?

—Sí. Iré a la Academia, y si Jeremías está aún allí, te lo traeré. Y si Jeremías no está, ¿puedo traerte algún otro animalito?

—Jeremías está allá. Lo sé.

Esa misma noche, cuando Inés está velando al niño, comienzan las contracciones. Empiezan solo como temblores: el cuerpo del niño se pone rígido, aprieta los puños, rechina los dientes y la cara se distorsiona. Luego, los músculos se relajan y el niño es el mismo de siempre. Al poco rato, vuelven las contracciones, esta vez más intensas, que se suceden una tras otra, como en oleadas. De la garganta le sale un gruñido, «como si algo se estuviera desgarrando en su interior», cuenta Inés. Luego se le ponen los ojos en blanco, la espalda se arquea y comienza la convulsión propiamente dicha, una de varias posteriores.

El joven e inexperto médico de guardia le administra un antiespasmódico que no hace ningún efecto. Las convulsiones se suceden una tras otra casi sin interrupción.

Cuando llega él para reemplazar a Inés, la tempestad ha pasado. El niño está dormido o inconsciente, aunque, de tanto en tanto, un leve estremecimiento recorre su cuerpo.

—Al menos, ahora sabemos qué le ocurre —dice él.

Inés lo mira sin comprender.

—Al menos sabemos ahora cuál es la raíz del problema.

—¿Qué quieres decir?

—Sabemos cuál es la causa de las caídas, de las ausencias, de esos momentos en que parece estar en otra parte. Aunque no sea posible curarlo, al menos sabemos qué ocurre. Y es mejor que nada. Mejor que no saber nada. Vete a casa, Inés. Trata de dormir un poco y olvídate de la tienda. Que se las arreglen en la tienda.

Le toma la mano y la separa de la del niño. Ella no se resiste. Luego, él hace algo que jamás se atrevió a hacer antes: le toca la mejilla y le da un beso en la frente. Los sollozos inundan a Inés; él la abraza y la deja llorar, deja que brote el dolor.

14

Al abrir los ojos, las primeras palabras que pronuncia el niño son estas:

—¿Trajiste a Jeremías?

—Hablaremos de Jeremías en un instante. Primero quiero saber cómo te sientes.

—Tengo un gusto feo en la boca y me duele la garganta. Me dieron un helado, pero el gusto feo volvió. Dicen que me van a extraer toda la sangre e inyectarme otra nueva en las venas, y que entonces me curaré. ¿Dónde está Jeremías?

—Lamento decirte que todavía está en la Academia mientras Alyosha busca una caja grande para traerlo. Si no encuentra la caja, va a armar una. Y entonces podrá traer a Jeremías en el autobús. Me lo prometió. Entretanto… ¡mira, te he traído dos amiguitos!

—¿Qué son?

—Gorriones. Después de hablar con Alyosha, pasé por una tienda de mascotas y te los compré. ¿Te gustan? Se llaman Rinci y Dinci. Rinci es macho y Dinci, hembra.

—No los quiero. Quiero a Jeremías.

—Ya llegará Jeremías, pero me parece que deberías darles la bienvenida a estos amiguitos. Estuvieron esperando toda la mañana para verte. Oye cómo cantan. ¿Qué dicen?

—No dicen nada. Son pájaros.

—«¡El famoso David! ¡El famoso David!» Eso dicen y repiten en su lenguaje. Pero, ¿qué es eso de la sangre nueva?

—Van a enviarme sangre nueva por tren. Y el Dr. Ribeiro me la va a inyectar.

—Qué bien. Una buena noticia. ¿Qué quieres que haga con Rinci y Dinci?

—Suéltalos.

—¿Estás seguro? Los criaron en una tienda. No están acostumbrados a defenderse en la vida. ¿Y si los ataca un halcón y se los come?

—Entonces, suéltalos aquí adentro, que no hay halcones.

—Bueno, pero tienes que acordarte de alimentarlos. Traeré semillas mañana. Por ahora puedes darles trocitos de pan.

Lleva tiempo conseguir que los pajaritos dejen la jaula. Una vez afuera, revolotean por la habitación, chocan con los objetos y por fin se posan uno al lado del otro en el barrote de la cortina. No parecen contentos.

El mismo Dr. Ribeiro le dice a él que lo de la sangre es verdad, o verdad en parte. La política del hospital es tener cierta cantidad de sangre a la mano para cada paciente internado, por si es necesaria. Como el grupo sanguíneo de David es raro, han tenido que pedirla a Novilla.

—¿Piensan hacerle una transfusión de sangre? ¿Por las convulsiones?

—No. Entiéndame. Lo de la sangre es otra cuestión. Es necesario tenerla, por precaución, por cualquier emergencia. Es nuestra política general.

—¿Y ya la enviaron?

—La enviarán apenas el banco de sangre de Novilla encuentre un donante. Puede llevar algún tiempo. Como le dije, el grupo de David es poco frecuente. Muy poco frecuente. Con respecto a las convulsiones, hemos decidido cambiar la medicación para controlarlas. Veremos si tenemos éxito.

Además de causar somnolencia, los nuevos medicamentos parecen abatir al niño. Se cancela la lección matinal con la señora Devito. Cuando llegan de visita los niños del vecindario, él les pide que no hagan ruido y dejen que David duerma. Pero pronto hay algo que reanima al enfermo: llega Alyosha, el joven maestro de la Academia con quien David tenía lazos más estrechos, y llega también una cantidad de excompañeros de David. Con aire de triunfo, Alyosha trae una jaula donde está Jeremías o, al menos, el último de la serie de corderos que portan o portaron el nombre de Jeremías.

Una vez que Jeremías sale de la jaula, no hay manera ya de controlar a los niños, que corretean por doquier gritando y riéndose, tratando de atraparlo. Las pezuñas del animal resbalan sobre el piso pulido.

Por su parte, él vigila al perro tendido bajo la cama. Sin embargo, no alcanza a actuar a tiempo cuando Bolívar emerge de su guarida y se lanza sobre el incauto cordero. Apenas consigue arrojarse con todo el cuerpo sobre el perro, aferrarlo por el cuello y obligarlo a detenerse.

El enorme perro lucha por liberarse.

—¡No puedo contenerlo! —le dice jadeando a Alyosha—. ¡Llévense al cordero!

Alyosha acorrala al cordero y lo alza en brazos mientras el animal lanza balidos lastimeros. Él suelta a Bolívar, que ronda en círculos alrededor de Alyosha, esperando que se canse, aguardando el momento de saltar.

—¡Bolívar! —se oye la voz de David. Se ha sentado en la cama y apunta al perro con el dedo—. ¡Ven aquí!

De un solo salto, el perro llega a la cama y se queda allí, mirando fijo a David. Hay silencio en toda la habitación.

—¡Alcánzame a Jeremías!

Alyosha baja al cordero de lo alto y lo pone en brazos de David. El animalito deja de patalear y luchar.

Se miran largamente: el niño que acuna al cordero y el perro, que jadea suavemente, esperando una oportunidad. El encanto se rompe cuando llega Dmitri.

—¡Hola, niños! ¿Qué ocurre? ¡Hola, Alyosha, cómo estás?

Severamente, Alyosha le indica a Dmitri con un gesto que se calle. Nunca se quisieron demasiado, esos dos.

—¿Y tú, David —dice Dmitri—, qué estás tramando?

—Le estoy enseñando a Bolívar a ser bueno.

—El perro es primo del lobo, hijo. ¿No lo sabías? Nunca podrás enseñarle a Bolívar a ser bueno con los corderitos. Su instinto es darles caza y abrirles la garganta.

—Bolívar me escuchará.

El niño acerca el cordero al perro. El animalito lucha en sus brazos, pero Bolívar no se mueve: tiene los ojos fijos en los del niño.

De golpe, David se cansa y se desploma en la cama.

—Tómalo, Alyosha.

El maestro levanta al corderito.

—Vamos, niños, hay que despedirse. David tiene que descansar. Adiós, David. Volveremos mañana, con Jeremías.

—Déjalo aquí —ordena el niño.

—No es una buena idea dejarlo cuando está Bolívar. Lo traeremos de nuevo mañana, te lo prometo.

—Quiero que se quede.

Y así se resuelve la cuestión: se hace la voluntad de David. Jeremías se queda en la jaula, en la que colocan un colchón de papel de diario para absorber la orina y unas hojas de espinaca que han traído de la cocina para alimentarlo.

Cuando llega Inés, el cordero duerme como un tonto. Y ella también se queda dormida. Al despertarse, al amanecer, ve que la jaula está volcada y que no queda nada del corderito excepto la cabeza y un manojo de piel y huesos sobre el piso antes limpio.

Inés mira debajo de la cama y ve el brillo feroz de los ojos del perro. Sale de la habitación en puntas de pie, vuelve provista de un balde y un estropajo y limpia la suciedad lo mejor que puede.

15

Después del deceso del cordero Jeremías, se produce un cambio en el niño. Ya no recibe a las visitas con una sonrisa sino con un semblante reservado e impasible. En cuanto a Rinci y Dinci, los gorriones, han desaparecido en las entrañas del hospital. Nadie habla de ellos ni de qué les sucedió.

En la pared, por encima de la cama de David, una de las enfermeras —o tal vez la señora Devito— ha colgado una guirnalda de luces de colores, azules y rojas. Se encienden y se apagan en un titilar incongruente con la situación, pero nadie las quita del lugar.

Durante algunas de las visitas, el niño se queda mudo todo el tiempo. Otras veces, se lanza sin preámbulos a contar algún episodio de Don Quijote, pero cuando termina se encierra de nuevo en sí mismo, como para reflexionar sobre su significado.

Uno de esos episodios es el Don Quijote y la pelota enmarañada.

Cierta vez, la gente le llevó a Don Quijote una pelota de cordel enredado. «Si sois realmente don Quijote —le dijeron—, podréis deshacer este enredo.»

Don Quijote no pronunció palabra, desenvainó la espada y de un solo tajo partió la pelota en dos. «¡Ay de vosotros —dijo—, que habéis dudado de mí!»

Al oír la historia, se pregunta quién es «la gente» que le presenta a Don Quijote la pelota enmarañada. ¿Se refiere la historia a gente como él, como Simón?

Otra historia se refiere a Rocinante.

Un hombre se acercó a Don Quijote y le dijo: «¿Es ese el famoso caballo que sabe contar, Rocinante? Me gustaría comprarlo. ¿Qué precio tiene?».

Y Don Quijote contestó: «Rocinante no tiene precio».

«Puede ser que un caballo que cuenta sea raro —dijo el hombre—, pero no puede ser que no tenga precio. No hay nada en el mundo que no tenga precio.»

Don Quijote dijo entonces: «Buen hombre, no ves el mundo mismo sino solo las medidas que lo envuelven en un velo. ¡Ay de ti, ciego!».

Esas palabras desconcertaron al hombre. «Al menos, mostradme cómo cuenta», dijo.

Entonces, habló Sancho: «Pues pone un casco delante del otro y así cuenta, clop-clop para el dos o clop-clop-clop para el tres. Ahora, retiraos y dejad de molestar a mi amo».

Otro de los episodios se refiere a Don Quijote y la virgen, la virgen de Extremadura.

Le llevaron a Don Quijote una virgen que tenía un niño, y el niño no tenía padre. Entonces Don Quijote le dijo a la virgen: «¿Quién es el padre del niño?».

La virgen respondió: «No puedo saberlo porque hice relaciones sexuales con Ramón y también con Remi».

Entonces Don Quijote hizo traer a Ramón y Remi. «¿Cuál de los dos es el padre del niño?», preguntó.

Ninguno respondió y guardaron silencio.

Entonces Don Quijote dijo: «Traed una tina llena de agua», y le trajeron una tina llena de agua. Don Quijote le quitó los pañales al niño y lo puso en el agua. «Que el padre del niño dé un paso adelante», dijo.

Pero ni Ramón ni Remi se movieron. Y el bebé se hundió en el agua, se puso azul y murió.

Entonces Don Quijote les dijo: «¡Ay de vosotros dos!». Y a la virgen también le dijo: «¡Ay de ti!».

Cuando la historia de la virgen de Extremadura termina, los niños que rodean a David se quedan en silencio, totalmente desconcertados. Por su parte, él querría decir: «Si la muchacha había tenido relaciones sexuales, no era virgen». Pero se muerde la lengua y no dice nada.

Otra de las historias de David se refiere a un profesor de matemáticas.

En uno de sus viajes, Don Quijote se encontró con un grupo de hombres doctos. Un profesor de matemáticas les estaba demostrando cómo se puede medir con facilidad la altura de un monte. «Clavad en la tierra una vara de un metro de largo —dijo—, y observad su sombra. Cuando la sombra de la vara alcance un metro de largo, debéis medir la sombra que echa el monte. Escuchadme bien: la longitud de esa sombra os indicará la altura del monte.»

Los hombres doctos aplaudieron al profesor por el ingenio que había demostrado.

Entonces Don Quijote le habló al profesor. «¡Hombre vano —le dijo—. ¿No sabes acaso que está escrito: "Quien no ha ascendido al monte no puede saber su altura"?»

Y Don Quijote siguió su camino, desdeñando a los hombres doctos, que se reían entre dientes.

—Nunca nos contaste qué pasó con el caballo blanco que tenía alas —dice Artemio—. El que echó a volar por el cielo. ¿Volvió con Don Quijote?

David no contesta.

—Yo creo que sí —dice Artemio—. Volvió y se hizo amigo de Rocinante. Porque uno bailaba y el otro volaba.

—¡Silencio! —dice Dmitri—. ¿No ves que el joven maestro está pensando? Ten más respeto y quédate callado cuando él piensa.

Cada vez más, Dmitri se refiere a David como «el joven maestro». A él, a Simón, lo irrita.

La muerte del cordero ha dejado su marca también en Inés. No le importa la suerte del cordero mismo, que le es indiferente. Lo que la preocupa es el hecho de haberse quedado dormida mientras el perro lo mataba.

—¿Y si David hubiera tenido una de sus convulsiones en ese momento? —dice—. ¿Qué habría pasado si me necesitaba y yo estaba profundamente dormida?

—Ningún ser humano puede trabajar toda una jornada en la tienda y después mantenerse en vela durante la noche —le contesta él—. Es mejor que me quede yo por las noches.

Cambian entonces la rutina. A la tarde, cuando la banda de niños se retira, él también se va. Come algo en su casa y echa una siesta de dos horas. Después, toma el último autobús hacia el hospital y reemplaza a Inés.

Como tiene contacto con el personal de la cocina —sus influencias en el hospital parecen infinitas—, Dmitri ha conseguido que por la mañana le den a David gachas con leche y que a la noche le sirvan puré de papas con arvejas.

—Nada es un lujo cuando se trata del joven maestro —dice Dmitri mientras da vueltas alrededor de la cama y mira lo que el niño come, aunque, en realidad, David come como un pajarito.

A ninguna de las enfermeras le gusta Dmitri, y a él, a Simón, no le sorprende. En particular, la hermana Rita tuerce el gesto cuando Dmitri entra en la sala, y no le contesta cuando él le habla. Solo la maestra, la señora Devito, parece llevarse bien con Dmitri. Cada vez más, él piensa que hay algo entre esos dos. Un escalofrío le recorre la espalda. ¿Qué la atrae de un hombre que es un asesino?

Sabe bien que Dmitri se burla de él a sus espaldas. Dice que es «el hombre de razón», cuyas pasiones están siempre bajo control. Una vez Dmitri preguntó: «¿Qué mundo sería este si todos aceptáramos el imperio de la razón?». Y respondió: «Un mundo muy, muy aburrido». A él le gustaría replicar: «Tal vez sea aburrido, pero mejor que un mundo sometido al imperio de las pasiones».

Los medicamentos que administran al niño junto con la comida de la noche, cuya finalidad es eliminar las convulsiones, lo sumen en un sueño profundo. A veces, a altas horas de la noche, se despierta con una sonrisa soñolienta.

—Tengo sueños, Simón —susurra—. Puedo verlos incluso con los ojos abiertos.

—¡Qué bien! —contesta él susurrando también—. Ahora, vuelve a dormir. Puedes contarme los sueños a la mañana.

Bajo la luz azulina de las lámparas veladoras, apoya la mano sobre la frente del niño hasta que este se duerme nuevamente.

Cada tanto, hay un intervalo de lucidez durante el cual pueden conversar.

—Simón, cuando me muera, ¿Inés y tú van a hacer un bebé?

—No. En primer lugar, no te vas a morir. En segundo lugar, Inés y yo no tenemos ese tipo de sentimiento el uno por el otro. El sentimiento del cual nacen los bebés.

—Pero pueden hacer relaciones sexuales, ¿no?

—Podemos, pero no queremos.

Hay un largo silencio mientras el niño reflexiona. Cuando vuelve a hablar, su voz es aún más débil:

—¿Por qué tengo que ser este niño, Simón? Nunca pedí ser este niño, con este nombre.

Él se queda esperando, pero David se ha dormido otra vez y él mismo apoya la cabeza en los brazos y dormita. Luego, se oye de pronto el gorjeo de los pájaros y se ve la primera claridad del amanecer. Va al baño. Cuando vuelve, el niño está totalmente despierto, con las rodillas recogidas contra el pecho.

—Simón, ¿me reconocerán?

—¿Si te van a reconocer? ¿Reconocer como un héroe? Por supuesto. Pero antes tendrás que hacer algunas hazañas, el tipo de hazañas por las que uno es recordado. Y tendrán que ser obras buenas. Ya viste que Dmitri intentó ser famoso haciendo algo malvado y ¿qué consiguió? Que lo olvidaran. Que nadie lo reconociera. Tendrás que hacer hazañas, obras buenas, y alguien tendrá después que escribir un libro sobre ti y tus muchas hazañas. Es lo que pasa habitualmente. Así fue reconocido Don Quijote. Si el señor Benengeli no hubiera escrito el libro sobre sus hazañas, Don Quijote no habría sido más que un viejo loco que recorría su tierra montado a caballo, sin reconocimiento.

—¿Y quién va a escribir un libro sobre mis hazañas? ¿Tú?

—Si quieres, puedo hacerlo. No soy escritor, pero pondré todo mi empeño.

—Entonces, tienes que prometerme que no tratarás de entenderme. Cuando intentas entenderme, lo arruinas todo. ¿Lo prometes?

—Acepto. Lo prometo. Me limitaré a contar tu historia, hasta donde yo la conozco, sin tratar de entenderla. Desde el día en que te encontré. Hablaré del barco que nos trajo aquí, de cómo salimos los dos a buscar a Inés y la encontramos. Contaré que fuiste a la escuela en Novilla y que te pasaron a un reformatorio; que te escapaste y que entonces vinimos a Estrella. Contaré que fuiste a la Academia del señor Arroyo y que demostraste ser el mejor de los bailarines. Creo que no voy a mencionar al Dr. Fabricante y el orfanato. Mejor dejarlo fuera de la historia. Además, desde luego, voy a contar todas las hazañas que hagas cuando salgas del hospital, cuando te cures. Seguramente serán muchas.

—¿Cuáles serán mis mejores hazañas? Cuando danzaba, ¿era una hazaña buena?

—Sí, porque le mostrabas a la gente cosas que antes no había visto. De modo que tu danza puede considerarse una hazaña, una obra buena.

—Pero no he hecho muchas buenas hazañas en mi vida, ¿no es cierto? No tantas como las que corresponden a un héroe como se debe.

—¡Por supuesto que hiciste muchas hazañas buenas! Salvaste gente, a mucha gente. La salvaste a Inés. Me salvaste a mí. ¿Qué sería de nosotros sin ti? Hiciste algunas por tu cuenta; otras las hiciste con ayuda de Don Quijote. Viviste sus aventuras. Don Quijote era David. Y tú eras Don Quijote. Con todo, estoy de acuerdo: la mayor parte de tus buenas hazañas todavía no han ocurrido. Las realizarás cuando te cures y vuelvas a casa.

—¿Y qué harás con Dmitri? ¿Lo eliminarás también del libro?

—No sé. ¿Qué te parece? Oriéntame tú.

—Creo que tienes que dejar a Dmitri. Pero cuando esté en la próxima vida, ya no seré ese niño, y no seré amigo de Dmitri. Voy a ser maestro y voy a llevar barba. Decidí eso. ¿Tengo que ir a la escuela para ser maestro?

—Depende. Si quieres enseñar danza, una academia como la del señor Arroyo será mejor que una escuela.

—No quiero enseñar danza solamente. Quiero enseñar de todo.

—Pues si quieres enseñar de todo, tendrás que ir a muchas escuelas y estudiar con muchos maestros. No creo que te guste. Quizá puedas ser sabio en lugar de maestro. No es necesario ir a la escuela para ser sabio. Puedes dejarte crecer la barba y contar historias: la gente se reunirá a tu alrededor para escucharte.

El niño pasa por alto la broma.

—¿Qué quiere decir «confesar»? En el libro dice que cuando sintió que se iba a morir, Don Quijote resolvió confesarse.

—Era una costumbre que la gente tenía en otras épocas. Me temo que no sé mucho al respecto.

—¿Es lo que hizo Dmitri después de matar a Ana Magdalena?

—No exactamente. Para confesarse hay que ser sincero, y Dmitri nunca es sincero. Miente a todo el mundo, incluso a sí mismo.

—¿Tengo que confesarme?

—¿Tú? No. Eres un niño inocente.

—¿Y qué quiere decir «abominar»? El libro dice que Don Quijote abominó de sus historias.

—Quiere decir que las rechazó. Que ya no creía más en ellas. Cambió de parecer y ya no le parecía que eran cosas buenas. ¿Por qué me haces todas estas preguntas?

El niño calla.

—David, Don Quijote vivió en otra época, cuando la gente era muy estricta con respecto a las historias que contaba. Las dividían en historias buenas e historias malas. Se suponía que uno no debía escuchar historias malas porque alejaban del sendero de la virtud. Se suponía que uno abominara de esas historias, como hizo Don Quijote antes de morir. Ahora bien, antes de decidir que vas a abominar de tus propias historias, si eso es lo que tienes en mente, hay tres cosas que debes recordar. La primera es que en nuestro mundo, que no es tan estricto como el antiguo, ninguna de tus historias sobre el *Quijote* se considerará algo malo. La segunda es que Don Quijote decidió abominar de sus historias porque estaba en el lecho de muerte. Tú no estás en el lecho de muerte. Por el contrario, tienes una larga y animada vida por delante. La tercera es que Don Quijote no quería decir de verdad que abominaba de sus historias. Lo decía para que se terminara el libro, el libro que hablaba de él. Don Quijote hablaba con ánimo irónico, aunque no usara la palabra «ironía». Si realmente hubiera abominado de sus historias, no habría alentado a nadie para que las escribiera. Se habría quedado en su casa, con su caballo y su perro, contemplando el cielo y las nubes, esperando la lluvia y comiendo pan y cebolla en la cena. No habría recibido jamás ningún reconocimiento y no habría sido famoso. Eso es todo. Te pido disculpas por un discurso tan largo a una hora tan temprana. Gracias por escucharme. Ya me callo.

Continúan la conversación al día siguiente. El niño está sin duda soñoliento, pero lucha contra los medicamentos, se esfuerza por estar despierto.

—Tengo miedo, Simón. Cuando me duermo, ahí están los malos sueños esperándome. Trato de escaparme, pero no puedo porque ya no puedo correr.

—Cuéntame esos sueños. A veces, si hablamos de ellos los sueños se alivian.

—Ya se los conté al doctor, pero no sirvió. Siempre vuelven.

—¿Qué doctor? ¿El Dr. Ribeiro?

—No, el doctor nuevo que tiene un diente de oro. Le conté mis sueños y él los anotaba en una libreta.

—¿Te hizo algún comentario?

—No. Me hizo preguntas sobre mi madre y mi padre, los reales. Me preguntó qué recordaba de ellos.

—No conozco ningún médico con un diente de oro. ¿Sabes su nombre?

—No.

—Le voy a preguntar al Dr. Ribeiro. Ahora tienes que dormir.

—Simón, ¿cómo es morirse?

—Voy a contestarte, pero con una condición. Y es que los dos estemos de acuerdo en que no hablamos de ti. No te vas a morir. Si hablamos de la muerte, hablamos en abstracto. ¿Aceptas?

—Dices que no me voy a morir porque es lo que siempre dicen los padres, pero yo no voy a mejorar, ¿verdad?

—¡Desde luego que vas a mejorar! Y ahora: ¿aceptas mi condición?

—Sí.

—Bueno. Entonces, ¿cómo es morirse? Como yo me lo imagino, uno está tendido mirando el azul del cielo y se siente cada vez más amodorrado. Después, sobreviene una gran paz. Cierras los ojos y partes. Al despertar, estás en un barco que cruza el océano; sientes el viento en la cara y oyes el chillido de las gaviotas alrededor. Todo parece limpio y nuevo. Como si acabaras de nacer en ese preciso instante. No recuerdas el pasado ni el hecho de morir. El mundo es nuevo, tú eres nuevo y hay una fuerza nueva en tus miembros. Es así.

—¿Voy a ver a Don Quijote en la vida nueva?

—Por supuesto. Don Quijote estará esperando en el muelle para saludarte. Cuando los hombres uniformados intenten detenerte y prenderte en la ropa una credencial con tu nuevo nombre y nueva fecha de nacimiento, él dirá: «Dejadlo pasar, caballeros. Este es David el famoso, en el que me complazco». Te alzará y te pondrá en las ancas de Rocinante, y los dos saldrán cabalgando para emprender buenas hazañas. Tendrás oportunidad de contarle algunas de tus historias, y él te contará alguna suya.

—¿Tendré que hablar otro idioma?

—No. Don Quijote habla español y tú también hablarás español.

—¿Sabes qué pienso? Que Don Quijote debería venir *aquí* y que deberíamos hacer buenas hazañas *aquí*.

—Sería estupendo. Sin duda, sería una conmoción para Estrella que Don Quijote viniera aquí. Desdichadamente, no creo que esté permitido. Las reglas no permiten que personas de la próxima vida vengan a esta.

—¿Cómo lo sabes? ¿Cómo sabes qué está permitido y qué no?

—No sé cómo lo sé. Así como tú no sabes cómo sabes esas extrañas canciones que cantas. Pero creo que esas son las reglas, las reglas de esta vida.

—¿Y si no hay otras vidas? ¿Si me muero y no me despierto? ¿Quién seré si no me despierto?

—¿Qué quieres decir con eso de «si no hay otras vidas»?

—¿Si se terminan las vidas y los números, y todo el resto? ¿Quién seré si me muero y punto?

—Vamos deslizándonos hacia otro idioma que se llama filosofía, hijo. ¿Estás seguro de que quieres comenzar a hablar otro idioma a esta hora de la noche? ¿No deberías dormir? Podemos hacer un intento con la filosofía por la mañana, cuando estés bien despierto.

—¿Tengo que tomar clases para hablar filosofía?

—No. Puedes hablar filosofía y hablar español al mismo tiempo.

—¡Entonces quiero hablar filosofía ahora! ¿Qué pasa si no me despierto? ¿Por qué no está permitido que venga aquí Don Quijote?

—Don Quijote puede cruzar los mares y venir, pero tiene que hacerlo en un libro, como el que lo trajo cuando llegó hasta ti. No puede aparecerse en carne y hueso. En cuanto a no despertarse, si no nos despertamos nunca, entonces… nada, nada, nada. Eso es lo que quiero decir con filosofía. La filosofía nos indica cuándo no hay nada más para decir. Nos dice cuándo debemos dejar de pensar y cerrar la boca. Basta de preguntas, basta de respuestas.

—¿Sabes qué haré, Simón? Justo antes de morir, voy a escribir todo lo que pasó en mi vida en un papel y después lo voy a plegar muy chiquito y apretarlo en el puño. Entonces, cuando me despierte en la nueva vida podré leer el papel y saber quién soy.

—Es una idea excelente, la mejor que he escuchado en mucho tiempo. Recuérdala, no debes olvidarla. Cuando seas anciano, dentro de mucho tiempo, y te llegue la hora de morir, acuérdate de escribir tu historia y llevártela para la próxima vida. Así sabrás allá quién eres y todos los que la lean también. ¡Realmente, una idea estupenda! Tendrás que cuidar que la mano que sostiene el papel no se hunda en el agua porque, recuerda, el agua borra todo, incluso la escritura. Y ahora a dormir, hijo. Cierra los ojos y dame la mano. Si te despiertas y necesitas algo, yo estaré aquí.

—¡Es que no quiero ser este niño, Simón! Quiero ser yo en la próxima vida, pero no quiero ser este niño. ¿Será posible?

—Según las reglas, no puedes elegir. Tienes que ser el que eres y nadie más. Pero tú nunca te atuviste a las reglas, ¿no es cierto? Así que seguramente en la nueva vida te las arreglarás para ser quien quieres. Solo tienes que tener fuerza y decisión. ¿Quién es exactamente ese niño que no quieres ser?

—Este. —David señala con un gesto su cuerpo, las piernas escuálidas.

—Es la mala suerte, hijo. Como te dije el otro día, en el aire pululan pequeñas criaturas malignas, tan diminutas que no podemos verlas a simple vista. Su único afán es deslizarse adentro de nosotros y habitar nuestro cuerpo. De cada cien casos, fracasan en noventa y nueve. Pero da la casualidad de que tú eres el caso cien, el de la mala suerte. No vale la pena hablar de la mala suerte. Ahora, ¡a dormir!

16

Cuando llega al hospital al día siguiente, hay alguien junto a la cama del niño. Al principio, él no la reconoce; es una mujer que lleva un largo vestido negro con un cuello que parece una gorguera; tiene el cabello gris peinado muy tirante. Solo al acercarse reconoce a Alma, la tercera de las tres hermanas que los cobijaron en su granja cuando llegaron a Estrella y no conocían a nadie. De modo que la noticia sobre la enfermedad de David ha llegado muy lejos…

Del sillón que hay en una esquina se levanta un hombre como si se fuera desplegando: es el señor Arroyo, director de la Academia de Música.

Él los saluda a los dos.

—Juan Sebastián me dijo que David estaba enfermo; por eso vine a verlo —dice Alma—. Traje unas frutas de la granja. Cuánto tiempo ha pasado desde la última vez que te vimos, David. Te extrañamos. Apenas mejores, tienes que hacernos una visita.

—Me voy a morir, así que no podré ir a visitarlas.

—No creo que tengas que morirte, hijo. Destrozarías demasiados corazones. Me romperías el corazón a mí, y a Simón, sin duda, y tu madre, y a Juan Sebastián, por empezar. Por otra parte, ¿no recuerdas el mensaje del que me hablaste, ese mensaje tan importante? Si te mueres, no podrás transmitirlo y ninguno de nosotros sabrá de qué se trataba. Pienso que deberías dedicar toda tu energía a mejorarte.

—Simón dice que soy el número cien, y que el número cien tiene que morir.

Ahí interviene él:

—Yo hablaba de estadísticas, David. Hablaba de porcentajes. Los porcentajes no son la vida real. No te vas a morir. Incluso, si te fueras a morir, no sería porque eres el número cien o el número noventa y nueve o cualquier otro número.

David hace caso omiso de ese comentario.

—Simón dice que en la próxima vida puedo ser distinto; no es necesario que sea este niño y tampoco es necesario que tenga un mensaje.

—¿No te gusta ser este niño que eres?

—No.

—Entonces, ¿quién querrías ser en tu próxima vida?

—Querría ser normal.

—¡Qué desperdicio! —Alma apoya la mano sobre la cabeza del niño. Él cierra los ojos y su rostro tiene una expresión de concentración intensa—. Me gustaría mucho que en la próxima vida nos encontráramos de nuevo y pudiéramos continuar con estas conversaciones. Pero, como dices, probablemente seremos otras personas. ¡Es una pena! Ha llegado la hora de despedirme: tengo que tomar el autobús. Adiós, jovencito. No te voy a olvidar, al menos no en esta vida. Lo besa en la frente y se vuelve hacia Arroyo—. ¿Tocaría algo para nosotros, Juan Sebastián?

El señor Arroyo saca el violín, lo afina brevemente y comienza a tocar. No es una pieza que él haya oído antes, pero David la escucha con una sonrisa de profundo deleite. Cuando termina, Arroyo levanta el arco:

—¿Ahora es el momento de tu danza, David?

El niño asiente. Arroyo repite la pieza desde el comienzo. David mantiene los ojos cerrados; está inmóvil, en su propio mundo.

—Muy bien —dice Arroyo—. Ahora me despido.

Uno de los mensajeros compañeros de Simón le muestra un diario.

—¿No es tu hijo?

En el periódico hay una foto de David, con expresión seria, sentado en la cama con un ramo de flores en el regazo. A su lado, hay niños del orfanato y detrás de él, en el centro de la escena, la señora Devito. Pese a los rizos dorados y el buen aspecto, en su imagen hay algo inquietante que él no puede precisar.

«Enfermedad misteriosa desconcierta a los médicos», dice el titular. Él sigue leyendo: «Los médicos del servicio de pediatría del hospital municipal están desconcertados por una enfermedad misteriosa que ha hecho su aparición en el orfanato Las Manos. Entre los síntomas, podemos citar una pérdida abrupta de peso y el deterioro del tejido muscular.

»El caso del joven David, primera víctima de esta dolencia, se complica porque, según los médicos, su grupo sanguíneo es sumamente raro. Todos los intentos por conseguir sangre del mismo tipo han fracasado hasta ahora a pesar de que se han hecho pedidos a todos los bancos de sangre del país.

»Comentándonos el caso, el Dr. Francisco Ribeiro, jefe de pediatría, describió a David como "un muchacho valiente". Agregó después que, pese a las dificultades debidas a recientes recortes presupuestarios, el equipo de pediatría trabaja noche y día para descubrir la causa de esta misteriosa enfermedad.

»El Dr. Ribeiro descartó los rumores de que la causa sean ciertos parásitos del río Semiluna, que atraviesa los terrenos de Las Manos. "No hay fundamentos para pensar que se trata de una enfermedad parasitaria", dijo. "Los niños de Las Manos no tienen nada que temer".

»Cuando le pedimos un comentario, el Dr. Julio Fabricante, director de Las Manos, nos dijo que David era un "hábil futbolista, un niño muy apreciado en nuestra comunidad. Extrañamos mucho su presencia y esperamos que se recupere rápidamente"».

A causa de las repercusiones que tuvo el artículo periodístico, Inés y él son convocados a una entrevista con el Dr. Ribeiro.

—Estoy tan molesto como ustedes —dice el médico—. Permitir que ingresen periodistas a las salas es algo totalmente contrario a las políticas del hospital. Ya hablé al respecto con la señora Devito.

—Me importan muy poco las políticas del hospital —dice Inés—. Pero usted le dijo al periodista que David tiene una enfermedad misteriosa. ¿Por qué no nos dijo eso a nosotros?

El Dr. Ribeiro hace un gesto de impaciencia.

—En la ciencia no existen las enfermedades misteriosas. Es una frase periodística. Hemos comprobado que David tiene convulsiones. Lo que no hemos podido establecer todavía es la relación que hay entre las convulsiones y los síntomas inflamatorios. Pero en eso estamos trabajando.

—David está convencido de que se va a morir —dice él.

—David está acostumbrado a llevar una vida activa y se encuentra ahora condenado a la cama. Es comprensible que se sienta algo deprimido.

—No entiende usted. No está deprimido. Hay una voz interna que le dice que va a morir.

—Soy médico de profesión, señor Simón, no psicólogo. Si lo que usted quiere advertirnos es que David desea de algún modo la muerte, tomaré muy seriamente su advertencia. Hablaré con la señora Devito.

—No hablo de deseo de muerte, doctor, nada semejante. David no quiere morir. Siente que la muerte se acerca y eso lo llena de dolor, o de pesadumbre, no sé bien. Sentir dolor o pesadumbre no es lo mismo que estar deprimido.

—¿Qué puedo decirle? David padece una dolencia neurológica que causa convulsiones: eso está comprobado. Durante una convulsión el cerebro sufre algo así como un cortocircuito eléctrico, que se extiende en oleadas por todo el organismo. No debería sorprendernos que el resultado sean sentimientos como esos que usted denomina de dolor o de pesar, ni que oiga voces, como usted dice. Probablemente sienta también muchas otras cosas, para las cuales no tenemos palabras. Mi tarea es conseguir que recupere la... una vida normal.

Cuando haya salido del hospital y esté en lugares normales, haciendo cosas normales, las voces desaparecerán, y también las conversaciones sobre la muerte. Y ahora tengo que volver a trabajar —agrega mientras se pone de pie—. Gracias por venir a verme. Les pido de nuevo disculpas por el inoportuno artículo del periódico. Tomo la preocupación de ustedes muy en serio y discutiré todo el tema con la señora Devito.

17

Pasan los días. David no mejora. Los medicamentos que le dan para aliviar el dolor le quitan además el apetito; está más flaco que nunca y se queja de dolores de cabeza.

Una noche, cuando Inés y él están juntos acompañando al niño, entra la señora Devito seguida por Dmitri, que lleva una silla de ruedas.

—Ven, David —dice la maestra—. Ha llegado la hora de la lección de astronomía que estuvimos comentando. ¿No estás entusiasmado? El cielo está hoy especialmente límpido.

—Primero tengo que ir al baño.

Lo acompaña y lo sostiene mientras orina, un delgado chorro de color amarillo oscuro por los medicamentos.

—¿Estás seguro de que quieres esa lección? No tienes por qué obedecer a la señora Devito. No es médica. Puedes postergar todo para otro día si no te sientes con ánimo de ir.

Él niega con la cabeza.

—Tengo que ir. La señora Devito no cree nada de lo que le digo. Le hablé de las estrellas oscuras, que no son números, y me dijo que no existen, que son inventos míos. Tiene un mapa de las estrellas y dice que las que no están en su mapa son extravagancias. Y dice que hablo de las estrellas de un modo extravagante. Que tengo que terminar con eso.

—¿Con qué?

El niño hace un gesto.

—Tengo que dejar de ser extravagante.

—No veo por qué. Por el contrario, pienso que debes ser tan extravagante como quieras. Nunca me hablaste de las estrellas negras ¿Qué son?

—Las que no son números. Las que son números brillan. Las oscuras quieren ser números pero no pueden. Andan como hormigas por todo el cielo, pero no podemos verlas porque son oscuras. ¿Puedo ir ahora?

—Espera. Lo que dices es muy interesante. ¿Qué más de lo que le dijiste considera ella demasiado extravagante?

Pese al agotamiento, hay una chispa de animación en el niño cuando habla de los cuerpos celestes.

—Le hablé de las estrellas que brillan, las que son números. Le expliqué por qué brillan. Porque giran. Y así hacen música. Y le hablé de las estrellas gemelas. Quería contarle todo, pero me dijo que no siguiera.

—¿Qué son las estrellas gemelas?

—Te lo dije el otro día, pero no prestaste atención. Todas las estrellas tienen su gemela. Una rota en un sentido y la gemela rota en el sentido contrario. No pueden tocarse porque, si lo hicieran, desaparecerían y no quedaría nada, solo habría vacío. Por eso se mantienen alejadas en diferentes rincones del cielo.

—¡Qué interesante! ¿Por qué crees que la maestra dice que todas son extravagancias?

—Dice que las estrellas están hechas de roca y que no brillan, solo reflejan la luz. Que, según las matemáticas, las estrellas no pueden ser números. Que si todas las estrellas fueran números, el universo estaría repleto de rocas y no quedaría lugar para nosotros, y no podríamos respirar.

—¿Y qué le contestaste?

—Ella dice que no podemos viajar a vivir en las estrellas porque allí no hay alimento ni agua; que las estrellas están muertas, que son grandes fragmentos de roca que flotan en el cielo.

—Y si piensa que solo son trozos de roca inerte, ¿por qué quiere llevarte en medio de la noche a observarlas?

—Quiere contarme historias sobre las estrellas. Cree que soy un niño pequeño que solo entiende cuentos. ¿Podemos ir ahora?

Vuelven a la habitación. Dmitri levanta al niño y lo sienta en la silla de ruedas, que luego empuja por el corredor.

—¡Pueden venir! —dice la maestra.

Inés y él la siguen por el corredor y luego por los jardines. El perro va detrás de ellos. El sol se ha puesto y comienzan a verse las estrellas.

—Comencemos allí, por el horizonte, al este —dice la señora Devito—. ¿Ves esa estrella grande y roja, David? Se llama Ira, por la antigua diosa de la fertilidad. Cuando Ira relumbra como una brasa, es señal de que habrá lluvia. ¿Ves también esas siete estrellas brillantes que están a la izquierda, con las cuatro más pequeñas en el centro? ¿Qué te recuerdan? ¿Qué figuras ves en el cielo?

El chico mueve la cabeza sin contestar.

—Es la constelación del Urubú Mayor, el gran buitre. ¿Ves cómo va extendiendo las alas más y más a medida que cae la noche? ¿Ves su pico? Todos los meses, cuando no hay luna, el Urubú engulle las estrellitas débiles que están a su alrededor, tantas como puede. Pero cuando la luna cobra fuerzas de nuevo, se las hace vomitar. Y así viene sucediendo, todos los meses, desde el comienzo del tiempo.

»El Urubú es una de las doce constelaciones del cielo nocturno. Allá, cerca del horizonte están los Gemelos y más allá el Trono, con sus cuatro patas y alto respaldo. Algunos dicen que las constelaciones determinan nuestro destino según la posición que tengan en el cielo en el momento en que arribamos a esta vida. Así, por ejemplo, si llegas bajo el signo de los Gemelos, te pasarás la vida buscando a tu gemelo, ese otro que te está destinado. Y si llegas bajo el signo de la Pizarra, te dedicarás a instruir. Yo llegué bajo ese signo. Tal vez por eso soy maestra.

—Antes de empezar a morirme, quería ser maestro —dice el niño—. Pero no llegué aquí bajo ningún signo.

—Todos llegamos bajo algún signo. En todo momento del tiempo alguna de las constelaciones impera en el cielo. Puede ser que haya brechas en el espacio, pero no en el tiempo: esa es una de las reglas del universo.

—No es necesario que forme parte del universo. Puedo ser una excepción.

Durante este diálogo, Dmitri se ha mantenido silencioso detrás de la silla de ruedas, pero ahora habla:

—Se lo dije, señorita: el joven David no se parece a nosotros. Viene de otro mundo, tal vez de otra estrella.

La señora Devito se echa a reír a carcajadas.

—¡Me había olvidado! ¡David está de visita entre nosotros, es una visita de una estrella invisible!

—Quizá no hay doce constelaciones en el cielo —dice el niño, pasando por alto la pulla—. Tal vez hay una sola, y usted no puede verla porque es muy grande.

—Pero *tú* puedes verla, ¿verdad? —dice Dmitri—. Por grande que sea, *tú* puedes verla.

—Sí, puedo verla.

—¿Cómo se llama, joven maestro? ¿Cómo se llama la constelación enorme y única?

—No tiene nombre. Su nombre ha de venir.

Él le echa una mirada a Inés, que tiene la boca y el ceño fruncidos, pero se mantiene callada.

—Los pájaros tienen un mapa propio del cielo, con sus propias constelaciones —sigue la señora Devito—. Las utilizan para guiarse. Vuelan a través de enormes distancias, sobre los océanos, sin ningún indicio visible, pero siempre saben dónde están. ¿Te gustaría ser pájaro, David?

El niño calla.

—Si tuvieras alas, ya no dependerías de tus piernas. Ya no serías esclavo de la tierra. Serías libre, un ser libre. ¿No te gustaría?

—Tengo frío —dice David.

Dmitri se quita la chaqueta del uniforme y lo envuelve con ella. Aun con esa débil luz, se puede ver la mata de pelo oscuro que le cubre el pecho y los hombros.

—¿Qué hay de los números, David? —dice la señora Devito—. El otro día, durante la lección sobre los números, nos dijiste que las estrellas son números, pero no te entendimos, no totalmente. ¿No es cierto, Dmitri?

—Nos exprimimos el cerebro, pero no logramos comprender; era algo que nos excedía.

—Háblanos de los números que ves cuando miras las estrellas. Por ejemplo, cuando miras a Ira, la estrella roja, ¿qué número se te aparece?

Ha llegado el momento de intervenir, pero antes de que pueda abrir la boca, Inés se adelanta:

—¿Se cree que no me doy cuenta de cuál es su juego, señora? —dice con ira—. Pone cara de buena, simula inocencia, pero todo el tiempo los dos, usted y ese hombre, se burlan del niño. —Inés arranca la chaqueta de Dmitri de los hombros de David y la arroja con furia al piso—. ¡Qué vergüenza!

Y se aleja como una tromba empujando la silla de ruedas por el irregular sendero, seguida por Bolívar. Él vislumbra la cara del niño a la luz de la luna. Tiene los ojos cerrados y parece tranquilo; hay una sonrisa complacida en sus labios. Parece un bebé junto al pecho de su madre.

Debería ir con ellos, pero no puede resistir la tentación de decir algo él mismo

—¿Por qué la burla, señora? Y la tuya, Dmitri. ¿Por qué llamarlo «joven maestro» y saludarlo proclamando «¡Gloria!»? ¿Os parece divertido burlarse de un niño? ¿No tenéis sentimientos?

Dmitri responde a su explosión.

—¡Te equivocas conmigo, Simón! ¿Por qué habría de ridiculizar al joven David cuando es el único que puede rescatarme de este pozo infernal? Lo llamo «maestro» porque es mi maestro y yo, su humilde siervo. Nada más. ¿Y qué hay de ti? ¿Acaso él no es también maestro tuyo y acaso tú no estás también en tu propio pozo infernal, rogando que alguien te rescate? ¿Acaso has decidido mantener la boca cerrada y seguir pedaleando en la bicicleta por esta ciudad de mala muerte hasta el día en que te toque retirarte al asilo de ancianos con un certificado de buena conducta y una medalla por los servicios prestados? ¿Vivir una vida sin tacha no te salvará, Simón. Lo que tú necesitas, lo que yo necesito, lo que Estrella necesita, es alguien que venga y nos sacuda con una visión nueva. ¿No estás de acuerdo, querida?

—Esa es la verdad, Simón —dice la señora Devito, y levanta del piso la chaqueta de Dmitri («Póntela, amor, te resfriarás»)—. Doy fe. No hay en el mundo nadie más fiel a David. Lo ama con toda su alma.

La maestra parece hablar en serio, pero ¿por qué debería creerle? Ella puede proclamar que Dmitri ama a David con todo su corazón, pero su propio corazón le dice que Dmitri es un mentiroso. ¿A qué corazón creer: al de Dmitri, el asesino, o al de Simón, el lerdo? ¿Quién puede decirlo? Sin agregar una palabra más, da media vuelta y camina a tropezones hacia las luces del hospital, donde Inés ya ha arropado al niño en la cama y le da friegas en los pies helados.

—Por favor, ocúpate de que esa mujer no vuelva a ver a David —ordena Inés—. De lo contrario, lo sacaremos del hospital.

—¿Por qué dijiste que se reía de mí? —pregunta el niño—. No vi que se riera.

—Desde luego que no los viste. Se ríen de ti a escondidas, los dos.

—¿Por qué?

—¿Por qué? ¿Por qué? No me preguntes por qué, hijo. Porque dices cosas extrañas. Porque son tontos.

—Ahora podéis llevarme a casa.

—¿Quieres volver a casa?

—Sí, y Bolívar también quiere. A Bolívar no le gusta estar aquí.

—Entonces, vámonos ya. Simón, envuélvelo en una manta.

Sin embargo, la señora Devito, flanqueada por Dmitri, les bloquea la salida.

—¿Qué sucede aquí? —pregunta con gesto adusto.

—Inés y Simón me llevan a casa para que muera allá —dice David.

—Eres paciente del hospital y no puedes irte sin una orden firmada por un médico.

—¡Entonces llamen a un médico ya! —dice Inés.

—Llamaré al médico de guardia. Pero les advierto, sin embargo: incumbe al médico y solamente a él decidir si David puede irse.

—¿Estás seguro de que quieres dejarnos? —dice Dmitri—. Sin ti, estaremos desconsolados. Insuflas vida a este triste lugar. Piensa también en tus amigos. Cuando lleguen mañana con la esperanza de verte, de congregarse a tu alrededor, la habitación estará vacía, te habrás ido. ¿Qué les voy a decir? ¿El joven maestro huyó? ¿El joven maestro *los abandonó?* Les romperá el corazón.

—Pueden venir a nuestra casa —dice el niño.

—¿Y yo? ¿El pobre y viejo Dmitri? ¿Lo recibirán en la refinada casa de la señora Inés? ¿Recibirán a la bella señorita, tu maestra?

La señora Devito regresa acompañada por un médico joven de aspecto atribulado.

—Este es el niño, el que padece esa enfermedad que dicen misteriosa. Y ellos son Inés y Simón.

—¿Son los padres? —pregunta el médico.

—No —dice él—. Somos…

—Sí —dice Inés—. Somos los padres.

—¿Quién está a cargo del paciente?

—El Dr. Ribeiro —contesta la maestra.

—Lo lamento, pero no puedo firmar el alta sin la autorización del Dr. Ribeiro.

Inés se yergue.

—No necesito autorización de nadie para llevarme a mi hijo a casa.

—No tengo ninguna enfermedad misteriosa —dice el niño—. Soy el número cien. No es un número misterioso. El número cien es el que tiene que morir.

El médico lo mira con enojo.

—Las estadísticas no funcionan así, jovencito. No vas a morir. Y esto es un hospital. No dejamos que los niños mueran. —Se vuelve entonces hacia Inés—. Vuelva mañana y hable con el Dr. Ribeiro. Le dejaré una nota. —Y luego le dice a Dmitri—: Por favor, lleve a nuestro amiguito a la sala. ¿Qué hace un perro aquí? No permitimos animales en el hospital.

Inés no se digna discutir. Toma las manijas de la silla de ruedas y la empuja dejando atrás al médico. Dmitri le cierra el paso:

—El amor de una madre —dice—. Es un verdadero privilegio poder contemplarlo, conmueve el corazón. De veras. Pero no podemos dejar que se lleve al joven maestro.

Se acerca para apoderarse de las manijas, pero Bolívar emite un gruñido sordo. Dmitri retira la mano, pero continúa bloqueando el paso. El perro gruñe otra vez con una voz ronca que sale de la profundidad de su garganta. Tiene las orejas achatadas sobre el cráneo y el labio superior retraído deja ver sus largos dientes ya amarillos.

—Déjanos pasar, Dmitri —dice él.

El perro avanza un paso, luego otro. Dmitri no se aparta.

—¡Quieto, Bolívar! —ordena el niño.

El perro se detiene con los ojos fijos todavía sobre Dmitri.

—¡Dmitri, déjanos pasar! —dice David.

Y Dmitri se aparta.

El joven médico pregunta:

—¿Quién permitió que este peligroso animal entrara al edificio? ¿Usted?

—No es un animal peligroso —dice el niño—. Él me cuida. Me estaba protegiendo.

Parten así del hospital sin que nadie lo impida. Él levanta al niño y lo ubica en el asiento posterior del coche; el perro sube de un salto. La silla de ruedas queda en el estacionamiento.

Le dice a Inés:

—Estuviste magnífica.

Es la pura verdad: nunca se ha mostrado ella tan resuelta, tan imponente, tan majestuosa.

—Bolívar también estuvo magnífico —dice David—. Es el rey de los perros. ¿Vamos a ser de nuevo una familia?

Sí —dice él—. Vamos a ser de nuevo una familia.

18

Alrededor de medianoche comienza una nueva serie de convulsiones. Una detrás de otra, casi sin interrupción. Desesperado, él toma el coche y va al hospital: le suplica a la enfermera de la noche que le entregue los medicamentos para el niño. Ella se niega.

—Lo que están haciendo ustedes solo puede calificarse de criminal —dice ella—. Jamás se debió permitir que se llevaran al niño. No tienen idea de la gravedad de su estado. Deme usted su dirección. Voy a enviar una ambulancia de inmediato.

Dos horas después, el niño está de nuevo en su cama del hospital, dormido con el sueño profundo de las drogas.

Informado de lo sucedido durante la noche, el Dr. Ribeiro habla con una furia helada:

—Podría prohibirles el ingreso al hospital —dice—. Aunque fueran los padres del niño, y ustedes no lo son, podría prohibirles la entrada al hospital con ese perro salvaje. ¿Qué clase de gente son?

Tanto Inés como él se quedan mudos.

—Por favor, retírense ahora. Los llamarán cuando el estado del niño sea de nuevo estable.

—No quiere comer —dice Inés—. Parece un esqueleto.

—Nos ocuparemos de eso.

—Dice que no tiene apetito. Dice que ya no necesita alimento. No entiendo lo que le está pasando. Me asusta.

—Nos ocuparemos de todo. Ahora, vaya a su casa.

Al día siguiente, Inés recibe una llamada de la hermana Rita.

—David pide que venga. Usted y su marido. El Dr. Ribeiro permite la visita, pero solo por unos minutos, sin el perro. El perro no puede entrar.

Aunque solo han transcurrido dos días, sorprende el cambio que ha sufrido David. Parece haberse encogido, como si tuviera seis años otra vez. Está pálido y demacrado. Mueve los labios pero no emite ningún sonido. Hay un ruego impotente en su mirada.

—Bolívar —dice el niño con voz ronca.

—Está en casa. Descansando. Está recuperando fuerzas. Pronto vendrá a verte.

—El libro.

Él sale en busca de la hermana Rita.

—David pide el libro de Don Quijote. Revolví todo buscándolo, pero no puedo encontrarlo.

—Ahora estoy ocupada. Lo buscaré más tarde. —La hermana Rita tiene un tono frío que antes no era habitual en ella.

—Lamento lo que ocurrió la otra noche —le dice él—. No lo pensamos.

—Lamentarse no ayuda —contesta ella—. Ayudaría que no hubiera interferencias y que nos dejaran hacer nuestro trabajo. Que aceptaran que estamos haciendo todo lo humanamente posible para salvar a David.

—No caemos bien aquí, tú y yo —le dice él a Inés—. ¿Por qué no vuelves a la tienda? Yo me quedo.

Intenta comprar un sándwich en la cantina, pero no se lo venden («Disculpe, la cantina es solo para el personal»).

A la tarde, cuando llega el fiel grupo de amigos de David, la hermana Rita no los deja avanzar.

—David está muy cansado para recibir visitas. Vuelvan mañana.

Al fin del día, él aborda a la hermana Rita cuando ella está por salir.

—¿Encontró el libro?

Ella lo mira sin comprender.

—El *Quijote*. El libro de David. ¿Lo encontró?

—Lo voy a buscar cuando tenga tiempo.

Él se pasea por el corredor; está muerto de hambre. Una vez que el niño ha recibido sus medicamentos y lo preparan para la noche, él se estira en el sillón y se queda dormido.

Lo despierta un susurro que se repite:

—¡Simón! ¡Simón! —Él presta atención enseguida—. Recuerdo ahora otra canción, Simón, pero no puedo cantarla porque me duele la garganta

Le da agua.

—Las pastillas rojas me marean. ¿Tengo que tomarlas? Siento un zumbido adentro de la cabeza, zzz–zzz–zzz. En la próxima vida ¿haré relaciones sexuales, Simón?

—Las tendrás en esta vida, cuando seas mayor. Y también las tendrás en la próxima vida y en todas las otras. Te lo aseguro.

—Cuando era pequeño no sabía qué eran, pero ahora sí. ¿Cuándo va a llegar la sangre?

—¿La sangre nueva para ti? Uno de estos días, hoy o mañana a lo sumo.

—Qué bien. ¿Sabes lo que dice Dmitri? Que cuando me inyecten la sangre nueva, la enfermedad desaparecerá y voy a brillar con toda mi gloria. ¿Qué es la gloria?

—Es una especie de luz que emana de la gente que es muy vigorosa y sana, como los atletas y los bailarines. También los futbolistas.

—Simón, ¿por qué me escondiste en el armario?

—¿Cuándo te escondí en el armario? No lo recuerdo.

—Sí que lo hiciste. Cuando era pequeñito. Vinieron unas personas por la noche y me encerraste en el armario y les dijiste que no tenías hijos. ¿No te acuerdas?

—¡Ahora sí! Eran censistas. Te oculté en el armario para que no te pusieran un número y te agregaran a la lista del censo.

—No querías que les transmitiera mi mensaje.

—No es verdad. Te escondí para protegerte, para salvarte del censo. ¿Qué mensaje ibas a darles?

—Mi mensaje. Simón, ¿cómo se dice «aquí» en otro idioma?

—No sé, hijo, no soy bueno para los idiomas. Ya te lo dije: *aquí* es *aquí* y nada más. Es lo mismo, cualquiera sea el idioma que hables. Aquí es aquí.

—Pero, ¿cómo dices «aquí» con otras palabras?

—No conozco otras palabras para decirlo. Todos entienden lo que quiere decir «aquí». ¿Para qué quieres otras palabras?

—Quiero saber por qué estoy aquí.

—Estás aquí para iluminar nuestra vida, hijo. La vida de Inés y la mía, y la de toda la gente que te conoce.

—Y la de Bolívar.

—También. Por eso estás aquí. No es complicado.

Aparentemente, el niño no escucha. Tiene los ojos cerrados, como si estuviera oyendo una voz muy lejana.

—Simón, me caigo —murmura.

—No te vas a caer. Yo te sostengo. Es solo un mareo. Pasará.

Lentamente, dondequiera que haya estado, el niño regresa.

—Simón, tengo un sueño, siempre el mismo. Siempre vuelvo a ese sueño. Estoy en el armario y no puedo respirar ni salir. El sueño no se va. Me está esperando.

—Lo lamento. Con todo mi corazón. No pensé que esconderte de esa gente te dejaría recuerdos tan feos. Si te consuela saberlo, el Sr. Arroyo también escondió a sus hijos, a Joaquín y Damián, para evitar que los convirtieran en números. ¿Qué mensaje les habrías dado a los censistas si no te hubiera escondido?

El niño mueve la cabeza como si negara algo.

—No ha llegado la hora.

—¿No ha llegado la hora para tu mensaje? ¿No ha llegado la hora para que yo lo escuche? ¿Qué quieres decir? ¿Cuándo será la hora?

El niño calla.

Apenas llega la hermana Rita, lo echan imperiosamente de la habitación.

—¿No oyó lo que dijo el Dr. Ribeiro, señor? No le hace bien al niño. ¡Váyase a su casa! ¡No interfiera!

Toma el autobús que lleva a la ciudad, toma un suculento desayuno y se dirige a la tienda de Inés, Modas Modernas. Se sientan en la oficina que está en la trastienda.

—Pasé la noche con David. Parece haber empeorado. Las drogas socavan sus fuerzas. Quería cantar algo, tiene una canción nueva, pero no pudo, estaba demasiado débil. Habla de sangre todo el tiempo, de la sangre que llegará en el tren y lo salvará. Se aferra a esa esperanza.

—¿Qué vas a hacer? —dice Inés.

—No sé, querida. No sé. Estoy desesperado.

«Querida.» Nunca antes la ha llamado así.

—Esta tarde voy a ver a otro médico —dice ella—. No es del hospital. Un médico independiente. Inocencia lo recomienda. Dice que curó al hijo de sus vecinos cuando los médicos comunes lo habían desahuciado. Quiero que vaya al hospital a examinarlo. Ya no tengo confianza en el Dr. Ribeiro.

—¿Quieres que te acompañe?

—No. Solo complicarías las cosas.

—¿Eso hago? ¿Complicar las cosas?

Ella no contesta.

—Está bien —dice él—. Espero que este médico independiente sea un médico de verdad, que tenga su título. De lo contrario, no le permitirán ver a David.

—Inés se pone de pie.

—¿Por qué tienes que ser tan negativo, Simón? ¿Qué es lo más importante: que David se cure o que nos atengamos a los reglamentos de ese hospital?

Él inclina la cabeza y se va.

19

Como el hospital no tiene criterios propios para determinar a quién hay que llamar cuando surgen situaciones críticas, no los llaman ni a Inés ni a él para que estén junto a David cuando su pulso se vuelve irregular, la respiración dificultosa y los médicos comienzan a prever lo peor. Hay, en cambio, una llamada telefónica a la oficina del Dr. Fabricante, que es derivada a la hermana Luisa, en la enfermería del orfanato, pero la hermana Luisa está ocupada atendiendo a un niño que padece tiña. Cuando ella llega por fin al hospital, ya han verificado la muerte de David aunque la causa de muerte no fue aún establecida. La habitación donde murió el niño queda cerrada hasta nuevo aviso para toda persona ajena a este hospital (eso dice el letrero colocado en la puerta).

Se le pide a la hermana Luisa que firme un documento por el cual asume la responsabilidad de las disposiciones funerarias. Con prudencia, ella se niega a firmar antes de consultar con su jefe, el Dr. Fabricante.

Cuando él llega por la tarde, ve en la puerta de la habitación el mismo letrero impreso: CERRADA HASTA NUEVO AVISO. Él mueve el picaporte, pero han echado llave. «¿Dónde está mi hijo?», pregunta en la oficina de informaciones, pero la mujer que lo atiende simula no saberlo. «Seguramente lo trasladaron»: eso es todo lo que puede decir.

Vuelve a la habitación y la emprende a patadas contra la puerta hasta que la cerradura cede. No hay nadie en la cama, el cuarto está vacío y en el aire se siente olor a desinfectante.

—No está aquí —le informa a sus espaldas la voz de Dmitri—. Además, tendrás que pagar por los destrozos.

—¿Dónde está?

—¿Quieres verlo? Te lo mostraré.

Dmitri lo lleva por una escalera hasta el sótano, luego lo guía por un corredor atiborrado de cajas de cartón y equipos descartados. Del llavero que tiene colgado del cinturón, elige una llave y abre la puerta N-5. David yace desnudo sobre una mesa acolchada, como las que se utilizan para planchar ropa. En la cabecera han colocado la guirnalda de luces de colores, que alternan del rojo al azul. A sus pies han puesto un ramo de lirios. Los enflaquecidos miembros del niño y las articulaciones hinchadas parecen menos grotescos ahora que está muerto.

—Yo traje las luces —dice Dmitri—. Me pareció que correspondía. El orfanato envió las flores.

Él, Simón, siente que no tiene aire en los pulmones, que se lo han extraído. «Han montado un espectáculo —piensa, pero puede sentir el pánico detrás del pensamiento—. Si les sigo la corriente, si finjo que es algo real, se terminará en algún momento y David se incorporará con una sonrisa. Todo será como antes. Lo más importante —piensa— es que Inés no debe enterarse. Hay que protegerla. Si no, quedará destruida. ¡Totalmente destruida!»

—Quiten esas luces —dice.

Dmitri no se mueve.

—¿Cómo fue? —dice él.

No hay aire en ese cuarto; apenas puede oír su propia voz.

—Se ha ido, como puedes ver —dice Dmitri—. Los órganos de su cuerpo no resistían más, pobre criatura. Pero en el sentido más profundo, no se ha ido. Todavía está con nosotros. Eso creo. Seguramente, sientes lo mismo.

—No intentes hablar de mi hijo —murmura él.

—No es tu hijo, Simón. Nos pertenecía a todos.

—Vete. Déjame solo con él.

—No puedo. Tengo que cerrar el cuarto. Es la regla. Pero tómate tu tiempo. Despídete. Esperaré.

Se obliga a mirar el cadáver, esos miembros consumidos cuyas extremidades van tomando un tono azul; las manos mustias y vacías, el sexo lacio que no ha sido usado jamás, el rostro hermético, como reconcentrado. Le toca la mejilla, anormalmente fría. Apoya los labios sobre la frente. Después, sin saber cómo ni por qué, se descubre en el piso, apoyado sobre las manos y las rodillas.

«Que todo termine —piensa—. Que haya terminado cuando me despierte. O que no me despierte jamás.»

—Tómate tu tiempo —dice Dmitri—. No es fácil, ya lo sé.

Desde el vestíbulo, telefonea a Modas Modernas. Atiende Inocencia. Él no domina su voz y tiene que esforzarse para hacerse oír.

—Habla Simón. Dígale a Inés que venga al hospital. Enseguida. Dígale que la espero en el estacionamiento.

Por su semblante, por su actitud, Inés adivina de inmediato lo que ha sucedido.

—¡No! —grita—. ¡No, no, no! ¿Por qué no me avisaste?

—Cálmate, Inés. Tienes que ser fuerte. Apóyate en mi brazo. Afrontemos todo esto juntos.

Dmitri se pasea por el corredor, atento a su llegada.

—Lo lamento mucho —murmura. Inés no le responde—. Seguidme —dice Dmitri, y emprende la marcha con brusquedad.

No han quitado las luces de colores. Inés las arroja al piso junto con los lirios: se oye una pequeña explosión cuando una de las bombillas estalla. Ella trata de levantar el cuerpo del niño en los brazos; la cabeza se ladea hacia un costado.

—Esperaré afuera —dice Dmitri—. Os dejaré llorar en paz.

—¿Cómo fue? —pregunta Inés—. ¿Por qué no me llamaste?

—Me lo ocultaron. Nos lo ocultaron a los dos. Te llamé por teléfono apenas me enteré.

—Entonces, ¿estaba solito? —Inés apoya el cuerpo encogido sobre la mesa, arregla los pies uno junto al otro, acomoda las manos mustias—. ¿Estaba solito? ¿Dónde estabas tú?

¿Dónde estaba? No soporta pensarlo siquiera. ¿Qué estaba haciendo él en el preciso momento en que el niño entregó el espíritu? ¿Estaba distraído, pensando en otra cosa? ¿Estaba profundamente dormido?

—Solicité hablar con el Dr. Ribeiro, pero no puede atendernos. Nadie puede atendernos. No quieren enfrentarnos. Se esconden, esperando que nos vayamos.

Al subir desde el sótano, alcanza a ver la escurridiza figura de la señora Devito. Acicateado por la ira, se lanza tras ella:

—¡Señora! ¿Puedo hablar un momento con usted?

Ella parece no oírlo. Solo se vuelve, con gesto adusto, cuando él le toma el brazo:

—¿Qué desea?

—No sé si lo sabe, señora, pero mi hijo falleció esta mañana. Ni su madre ni yo estuvimos con él en los últimos momentos. Murió solo. Tal vez se pregunte por qué no estábamos allí. Porque nadie nos llamó.

—¡No me diga! Llamar a los familiares no es responsabilidad mía.

—Ya lo sé. Nada es responsabilidad suya. Cuando su amigo Dmitri encerró al pobre niño para que no pudiéramos verlo, tampoco era responsabilidad suya. Sin embargo, usted lo llevó la otra noche al exterior, lo expuso al frío, todo por una lección de astronomía, nada menos. ¿Por qué? ¿Por qué sí era responsabilidad suya enseñarle a un niño enfermo esa tontería de los nombres de las estrellas?

—¡Cálmese, señor! David no murió porque haya salido un rato al fresco de la noche. En cambio, usted y su esposa se lo llevaron a la fuerza del hospital, contra su voluntad y contra el buen sentido. ¿A quién debemos culpar por las consecuencias?

—¿Contra su voluntad? David quería con desesperación librarse de vuestras garras y volver a casa.

—Siéntese, señor, y escúcheme. Es hora ya de que oiga la verdad, por desagradable que sea. Yo conocía a David. Fui su maestra y amiga. Él confiaba en mí. Durante horas desahogó su corazón conmigo. Era un niño que tenía conflictos profundos. No quería volver a ese lugar que usted llama su casa. Por el contrario, quería librarse de usted y de su esposa. Decía que usted en especial lo asfixiaba, que no lo dejaba ser la persona que él quería ser. Y si no se lo dijo a usted en la cara, fue porque no quería lastimarlo. ¿Puede sorprendernos que semejante conflicto interno comenzara a manifestarse físicamente? No. Con su dolor y sus contorsiones, el cuerpo expresaba el dilema que atormentaba al niño, un dilema que le resultaba literalmente insoportable.

—¡Cuántas tonterías! ¡Usted nunca fue amiga de David! Él solo toleraba sus lecciones porque estaba atrapado, no podía abandonar la cama. En cuanto a su diagnóstico sobre la enfermedad, es sencillamente ridículo.

—No es solo mío, el diagnóstico. Por recomendación mía, David tuvo una serie de sesiones con un especialista en psiquiatría, y habría tenido otras si su estado de salud no hubiera empeorado. Ese especialista respalda mi interpretación al pie de la letra. En lo que respecta a la astronomía, mi trabajo consiste en mantener vivas las inquietudes intelectuales de los niños. A menudo intercambiamos con David ideas sobre las estrellas, los cometas y demás.

—¡Intercambiaron ideas! Usted se burlaba de sus ideas sobre las estrellas. Decía que eran extravagancias. Le dijo que las estrellas no tenían nada que ver con los números, que no eran más que trozos de roca flotando en el espacio. ¿Qué maestra destruye así las ilusiones de un niño?

—Las estrellas son realmente rocas, señor. Por el contrario, los números son una invención humana. No tienen nada que ver con las estrellas. Nada. Inventamos los números para poder utilizarlos en nuestros cálculos. Pero todas estas disquisiciones están fuera de lugar. David me contaba sus historias y yo le contaba las mías. Las suyas provenían evidentemente de la academia de música y me parecían abstractas, sin vida. Las que yo le contaba eran más adecuadas para la imaginación infantil.

»Señor Simón, es un momento muy difícil para usted. Me doy cuenta de que está alterado. Yo también. La muerte de un niño es algo terrible. Retomemos esta conversación cuando estemos más serenos.

—Al revés, señora, sigamos conversando ahora que no estamos serenos. David sabía que se estaba muriendo. Lo consolaba creer que después de la muerte se trasladaría al cielo, entre las estrellas. ¿Por qué desilusionarlo? ¿Por qué decirle que su fe era una extravagancia? ¿No cree usted en una vida futura?

—Claro que sí, pero la vida futura será aquí en la tierra, no entre las estrellas muertas. Moriremos, todos, nos desintegraremos y nos convertiremos en la materia de la cual surgirá una nueva generación. Habrá una vida después de esta, pero yo, esto que yo llamo «yo», no estará aquí para vivirla. Tampoco usted. Tampoco David. Ahora, permítame retirarme.

20

Ahí está la materia del cuerpo, eso que en el hospital llaman «los restos físicos». En los registros, el orfanato Las Manos figura como domicilio de David, y el director del orfanato como su tutor. Por consiguiente, le corresponde al Dr. Fabricante decidir qué se ha de hacer. Hasta el momento en que Fabricante comunique su decisión, los restos están a cargo del hospital y quedan en un recinto refrigerado al que no tiene acceso el público. Eso es lo que puede averiguar a través de la mujer que atiende el puesto de informaciones.

—Sé lo que quieren decir cuando hablan de un recinto refrigerado —le dice él—. Es un cuarto en el sótano. Ya estuve allí; me dejó pasar un ordenanza. Señora, no soy una persona más del público. En los últimos cuatro años, mi esposa y yo hemos cuidado de David. Lo hemos alimentado y vestido, hemos procurado su bienestar. Lo hemos apreciado y amado. Todo lo que pedimos es pasar la noche velándolo. ¡Por favor! No es pedir demasiado. ¿Acaso quiere que el pobre niño pase la primera noche solo? ¡No! Solo pensarlo es intolerable.

La mujer que atiende el puesto de informaciones —no sabe su nombre— tiene más o menos su misma edad. Antes se llevaban bien. Él no le envidia el trabajo que le han asignado: hacer frente a padres angustiados defendiendo las normas oficiales. Tampoco se siente orgulloso de su propio papel, de sus ruegos.

—Por favor —insiste—. Nadie nos verá.

—Le preguntaré a mi jefe —dice ella—. Dmitri no debería haberlo dejado pasar, si es que fue él quien se lo permitió. Podría acarrearle problemas.

—No quiero que nadie tenga problemas. Lo que pido es totalmente razonable. Seguramente, tiene usted hijos. No le impondría semejante decisión a un hijo suyo, esto de pasar la noche solo.

Detrás de él en la cola hay una mujer con un bebé en brazos. La interpela.

—¿Lo haría usted, señora? No, desde luego que no.

Incómoda, la joven mamá desvía la mirada. Interpelarla así es una falta de pudor y él lo sabe, pero no es un día común.

—Voy a hablar con mi jefe —repite la mujer de informaciones.

Antes, la impresión de él era que la empleada le tenía simpatía, pero tal vez se equivocaba. No hay nada cordial en la actitud de ella: quiere que él se vaya de una vez. Es lo único que le importa.

—¿Cuándo va hablar con su jefe?

—Cuando pueda. Cuando termine de atender a toda esta gente.

Él vuelve una hora más tarde y ocupa el último lugar de la fila.

—¿Qué han decidido? —pregunta cuando le llega el turno—. Hablo de David.

—Lo lamento, pero no podemos permitirlo. Hay razones que no puedo detallar, que tienen que ver con la causa de muerte. Solo le diré que hay normas que debemos cumplir.

—¿Qué quiere decir con eso de la causa de muerte?

—No se ha determinado la causa de muerte. Mientras no se haya precisado la causa, debemos atenernos a las reglas.

—¿Y no hay excepciones a esas reglas, ni siquiera para un niñito en el peor día de su vida?

—Estamos en un hospital, señor. Lo que ha ocurrido sucede aquí todos los días. Nos apena, pero su hijo no es una excepción.

En la confusión de los últimos días de David, prácticamente no se han ocupado de Bolívar. Estaba casi sin atención y lo alimentaban de vez en cuando. Esa noche, cuando vuelven del hospital, descubren que se ha ido.

Como la puerta no estaba cerrada con llave, suponen primero que Bolívar se ha puesto a aullar y que algún vecino irritado lo ha dejado salir. Él recorre el barrio, pero no lo encuentra. Con la sospecha de que el perro ha intentado encontrar a David, toma el coche de Inés y se dirige al hospital. Nadie lo ha visto allí tampoco.

A primera hora de la mañana, telefonea a Las Manos y habla con la secretaria de Fabricante.

—Si aparece por allí un perro grande, ¿me haría el favor de avisarme?

—No me gustan los perros —contesta ella.

—No le pido que le gusten, solo que me informe si es que lo ven. Sin duda, puede hacerme ese favor.

Inés no se cansa de hacer reproches.

—Si hubieras cerrado la puerta con llave, esto no habría ocurrido. Es el colmo.

—Aunque sea lo último que haga, lo voy a encontrar y lo voy a traer.

«Lo voy a traer.» No se le escapa que no ha logrado traer al niño.

En la pequeña impresora del depósito, hace quinientas copias de un volante: PERDIDO. PERRO DE GRAN TAMAÑO, COLOR PARDO ROJIZO. LLEVA COLLAR CON UN MEDALLÓN QUE DICE «BOLÍVAR». SE RECOMPENSARÁ A QUIEN LO ENCUENTRE. Distribuye los volantes en el sector de reparto que le corresponde y en el de los otros mensajeros también; lo pega en los postes de telégrafo. Está ocupado todo el día; todo el día procurando evitar ese agujero que se ha abierto en la textura misma del ser.

Empieza a sonar el teléfono. En casi todos los barrios de la ciudad han visto un perro grande de color pardo rojizo, pero nadie puede decir si lleva o no un medallón con el nombre de Bolívar porque el perro huyó corriendo o porque se mostró amenazador con quienes se le acercaban.

Anota el nombre y la dirección de todos los que llaman. Al terminar el día, tiene treinta nombres y ninguna idea de qué hacer. Si todos dicen la verdad, se deduce que Bolívar ha aparecido casi simultáneamente en barrios muy alejados entre sí. La alternativa es que algunas de las llamadas sean bromas o que anden sueltos por la ciudad varios perros grandes de ese color. En cualquiera de los dos casos, no tiene idea de cómo hallar a Bolívar, al verdadero Bolívar.

—Bolívar es inteligente —le dice a Inés—. Si quiere volver, va a encontrar el camino.

—¿Y si está herido? —responde ella—. ¿Si lo atropelló un coche? ¿Si está muerto?

—A primera hora iré a la Asistencia Social y pediré una lista de todos los veterinarios. Les haré una visita y dejaré una copia del volante. De una manera u otra, te traeré a Bolívar.

—Dijiste lo mismo de David.

—Inés, su hubiera podido ocupar su lugar, lo habría hecho. Sin la menor vacilación.

—Tendríamos que haberlo llevado a Novilla. Los hospitales son mucho mejores allá, pero el Dr. Ribeiro seguía haciéndonos promesas y nosotros seguíamos creyéndole. No ceso de culparme por eso.

—¡Échame a mí toda la culpa, Inés! Era yo quien creía en las promesas. Yo era el crédulo, no tú.

A punto de continuar en el mismo tono, se da cuenta de cuánto se parecen sus palabras a las de Dmitri. Siente vergüenza y se calla. «¡Culpadme!» «¡Castigadme!» Qué despreciable. Necesita que le den una buena bofetada. «¡Crece de una buena vez, Simón! ¡Procede como un hombre!»

Al día siguiente tienen noticia de otras cinco o seis personas que vieron a Bolívar. ¿El Bolívar real o uno espectral, cómo saberlo? Después, hay silencio. Inés vuelve a la rutina de Modas Modernas y él retoma sus rondas en bicicleta. A veces, a la noche, Inés lo invita comer, pero la mayor parte del tiempo se mantienen aparte, lloran a solas su congoja.

La recorrida por los consultorios veterinarios tiene eco. La ayudante de una clínica veterinaria lo lleva al recinto donde alojan a los animales.

—¿Es ese el perro que busca? —La mujer señala un canil por el que se pasea un gran perro de color pardo rojizo—. No tiene el medallón con el nombre, pero puede ser que lo haya perdido.

No es Bolívar. Es mucho más joven. Pero tiene los mismos ojos y también su callado aspecto amenazador.

—No, no es Bolívar. ¿Cuál es su historia?

—Lo trajo un hombre la semana pasada. Nos dijo que se llama Pablo. Que su mujer había dado a luz poco tiempo antes y que temía que Pablo atacara al bebé cuando ella no estaba atenta. Como sabrá, los perros se ponen celosos. Intentaron regalarlo, pero ninguno de sus conocidos lo quería.

Se queda observando a ese Pablo que nadie quiere. Por un instante, los ojos amarillos se detienen en él y Simón siente que un escalofrío le recorre la espalda. Después, los ojos se desvían y la mirada recobra su aspecto habitual.

—¿Qué le depara el futuro a Pablo?

—No nos gusta sacrificar un animal si está sano. Así que lo mantendremos aquí mientras podamos. Pero es imposible mantener encerrado para siempre a un individuo espléndido como este. Sería demasiado cruel. —La mujer le lanza una mirada de interrogación—. ¿Qué piensa?

—No sé qué pienso. ¿Acaso la muerte es mejor que la vida, incluso que una vida de encierro en una jaula? Tal vez habría que preguntarle a Pablo qué piensa.

—Quise decir: ¿qué le parece llevárselo usted y darle un hogar?

¿Y qué piensa de eso? Piensa que Inés se indignará. «Hoy traes a casa un perro extraviado; mañana traerás a un niño extraviado.»

—Voy a consultar a mi mujer —le dice—. Si ella está de acuerdo, vuelvo. Me temo, sin embargo, que no va a estar de acuerdo. Quiere mucho a Bolívar y espera aún que vuelva. Si nuestro Bolívar vuelve alguna vez y encuentra un perro desconocido en su cucha, lo matará. Sin la menor duda. Matar o morir. Esperemos un poco. Tal vez me equivoque. Adiós y muchas gracias. Adiós, Pablo.

Aboga ante Inés a favor de Pablo.

—¿Qué sabemos de los perros? —le dice—. Los seres humanos mueren y después despiertan en un mundo nuevo como personas diferentes. Tal vez los perros mueren y se despiertan en el mismo mundo, una y otra vez. Tal vez ese sea el destino de los perros. Tal vez ese sea el significado de ser perro. ¿No te parece extraño que el destino me haya llevado a un canil donde hay un perro que podría ser Bolívar tal como era Bolívar hace diez años? ¿No querrías por lo menos venir y mirarlo? Te resultará difícil decir de inmediato si es Bolívar reencarnado o es otro perro.

Inés es inconmovible.

—Bolívar no ha muerto. Lo descuidamos. Nos olvidamos de alimentarlo; se sintió abandonado y nos dejó. Está vagabundeando por algún lugar de la ciudad, comiendo lo que encuentra entre la basura.

—Si no quieres a Pablo, me veré obligado a traérmelo yo —dice él—. No puedo permitir que lo sacrifiquen. Es demasiado injusto.

—Haz lo que quieras. En ese caso, será tu perro, no mío.

Él vuelve a la clínica veterinaria.

—Decidí llevarme a Pablo.

—Lo lamento, pero es demasiado tarde. Ayer, poco después de usted, vino una pareja que lo adoptó sin vacilaciones. Dijeron que era exactamente lo que estaban buscando. Tienen una granja avícola en los alrededores. Querían un perro que ahuyentara a los animales predadores.

—¿Puede darme su dirección?

—Disculpe, pero no tengo permiso para hacerlo.

—En tal caso, ¿puede decirle a esa gente de la granja que si no están conformes, que si por alguna razón Pablo no llena sus expectativas, hay otra persona que se ofrece a llevarlo?

—Se lo diré.

Ve con toda claridad que en esa búsqueda de Bolívar hay algo de desvarío. No le sorprende que Inés se haya mostrado tan cortante. El cuerpo de su hijo aún no tiene un lugar de descanso —de hecho, nadie parece dispuesto a informar directamente qué ha ocurrido con ese cuerpo— y ahí anda él, haciendo batidas por la ciudad para hallar a un perro fugitivo. ¿Qué le pasa?

Compra una lata de pintura y borra con ella todos los volantes que ha pegado en paredes y postes de alumbrado. «Renuncia —se dice—. El perro se ha ido.»

No se puede decir que él quisiera a Bolívar. Ni siquiera que le gustara. Pero el cariño no era un sentimiento que se conciliara con ese perro que exigía algo muy distinto: que lo dejaran en paz tal como era. Y él, Simón, respetaba esa exigencia. A cambio, el perro lo dejaba en paz a él, y quizá también a Inés.

Con David las cosas eran diferentes. En cierto sentido, Bolívar era un perro normal, consentido tal vez, haragán también y, en sus últimos años, algo glotón. Un perro que dormía mucho, al punto que, según los cálculos, se podría decir que se pasó la vida durmiendo. Con todo, en otro sentido, Bolívar no dormía nunca, no dormía jamás cuando David estaba cerca y, si dormía, lo hacía con un solo ojo, con una oreja alerta, vigilando, protegiéndolo de cualquier peligro. Si ese perro tuvo un amo y señor, fue David.

Hasta el final. Hasta que llegó el gran peligro del cual no podía protegerlo. ¿Será esa la razón por la que Bolívar se fue? ¿Se fue para hallar a su amo, dondequiera que estuviera, y traerlo de regreso?

Los perros no entienden la muerte; no entienden que un ser deje de ser. Aunque tal vez la razón (la razón más profunda) de que no entiendan la muerte es que no entiendan qué es entender. Yo, Bolívar, ceso de respirar en los bajos fondos de una ciudad azotada por la lluvia y, en ese mismo instante, yo, Pablo, me encuentro en una jaula del patio de un desconocido. ¿Hay algo que entender en todo ello?

En cuanto a él, Simón, está aprendiendo. Primero hizo su aprendizaje con un niño; ahora lo hace con un perro. Una vida de aprendizaje. Debería estar agradecido.

Va de nuevo a la Asistencia. Esta vez pide una lista de las granjas avícolas. La Asistencia no tiene semejante lista. «Vaya al mercado —le dice el empleado—. Pregunte.» Va al mercado y pregunta. Una cosa lleva a la otra hasta que, por fin, se encuentra frente a un galpón de hierro galvanizado situado en el valle, sobre la ciudad.

—¿Hay alguien aquí? —pregunta.

Aparece una mujer joven que huele a amoníaco, calzada con botas de goma.

—Buenos días. Disculpe la molestia, pero quiero saber si han traído aquí a un perro que estaba en la clínica del Dr. Jull, el veterinario.

La mujer silba alegremente y un perro acude a los saltos. Es Pablo.

—Vi al perro cuando estaba en la clínica del Dr. Jull y quería llevármelo, pero cuando volví después de consultar a mi mujer, ya no estaba. No sé lo que pagaron ustedes por él, pero estoy dispuesto a darles cien reales.

—Pablo es exactamente lo que necesitamos aquí. No está en venta.

Piensa en hablarle de Bolívar, del lugar que tenía Bolívar en su vida, en la vida de Inés, en la vida del niño. Hablarle del vacío que dejó la doble ausencia del niño y del perro, de esa imagen que se le aparece de Bolívar muriendo en los bajos fondos de la ciudad y de la segunda imagen de Bolívar, reencarnado en Pablo. Pero decide que no, que es demasiado complicado.

—Le dejo mi número de teléfono. Mantengo la oferta. Cien reales, doscientos, lo que sea. Adiós, Pablo. —Le da un golpecito en la cabeza. El perro achata las orejas contra el cráneo y gruñe desde el fondo de la garganta—. Adiós, señora.

21

Están los dos sentados en silencio después de comer.

—¿Vamos a pasar así el resto de nuestros días, tú y yo? —dice él por fin—. Envejeciendo en una ciudad donde ninguno de los dos se siente cómodo, llorando nuestra pérdida?

Inés no contesta.

—¿Te cuento algo que David me dijo poco antes del fin? Pensaba que después de que él se fuera, nosotros tendríamos un hijo. No supe qué contestarle y terminé diciéndole que no teníamos ese tipo de relación. De todos modos, ¿no has pensado en adoptar un hijo, uno de los niños del orfanato, por ejemplo? ¿O varios? ¿No has pensado en comenzar de nuevo los dos y tener una familia como se debe?

Inés le lanza una mirada fría, hostil. ¿Por qué? ¿Acaso su propuesta es despreciable? Han estado juntos durante cuatro años, tiempo suficiente para conocer lo peor y lo mejor de cada uno. Ninguno es una incógnita para el otro.

—Contéstame, Inés. ¿Por qué no empezar de nuevo, antes de que sea demasiado tarde?

—¿Demasiado tarde para qué?

—Antes de que seamos demasiado viejos… para criar hijos.

—Te contesto que no —responde Inés—. No quiero un niño del orfanato en casa, durmiendo en la cama de mi hijo. Es un insulto. Me sorprende de ti.

Algunas noches se despierta y podría jurar que oye la voz del niño: «Simón, no puedo dormir, ven y cuéntame un cuento». O bien: «Simón, tengo un sueño malo». O también: «¡Simón, estoy perdido, ven y sálvame!». Supone que Inés también oye la voz, que se despierta, pero no le pregunta nada.

Evita ver los partidos de fútbol que juegan los niños detrás del edificio. A veces, cuando entrevé la figura de un niño que atraviesa la calle o corretea por las escaleras, tiene un atisbo de la imagen de David y siente un ramalazo del más amargo resentimiento: ¿por qué precisamente su hijo, mientras los otros noventa y nueve siguen incólumes, jugando y disfrutando? Le parece monstruoso que la oscuridad haya engullido a David, que no haya indignación, ni clamor, que nadie se arranque los cabellos ni rechine los dientes, que el mundo siga girando sobre su eje como si nada hubiera ocurrido.

Hace una visita a la Academia para retirar las cosas de David y, sin saber cómo ni por qué, se encuentra desahogando su corazón frente a Arroyo.

—Me avergüenza decirlo, Juan Sebastián, pero veo a los amiguitos de David y me descubro deseando que ellos hubieran muerto en lugar de él, que hubiera muerto alguno de ellos o todos ellos, no me importa. Parece que se hubiera apoderado de mí un espíritu puramente maligno y que no pudiera sacudírmelo de encima.

—No sea tan duro consigo mismo, Simón. Con el tiempo, la conmoción que ahora siente pasará. Se abre una puerta y entra un niño; la misma puerta se cierra, el niño desaparece y todo sigue como era antes. Nada ha cambiado en el mundo. No obstante, no es así exactamente. Aun cuando no podamos verla, oírla ni sentirla, ha habido una mudanza en la tierra. —Arroyo hace una pausa y lo mira con suma atención—. Ha ocurrido algo, Simón, y algo no es lo mismo que nada. Cuando sienta que la amargura lo invade, recuérdelo.

O bien la niebla enturbia su cerebro o bien el espíritu de la oscuridad está maquinando, pero ahora, en este momento, él no puede ver, no puede entender lo que dice Arroyo: «algo no es lo mismo que nada». ¿Qué huella ha dejado David? Ninguna. Absolutamente ninguna. Ni siquiera el batir de las alas de una mariposa.

Arroyo vuelve a hablar.

—Si puedo cambiar de tema, algunos colegas me han sugerido que nos reunamos formalmente, todo el personal y los alumnos, para hacer un homenaje a su hijo. ¿Vendrán ustedes?

Arroyo cumple lo que ha dicho. Al día siguiente, se suspenden las actividades de la Academia y los estudiantes se reúnen para homenajear al compañero perdido. Los únicos extraños presentes son Inés y él. Arroyo habla para todos.

—Hace algunos años, David llegó aquí para aprender danza, pero pronto se vio que no era un alumno sino un maestro, un maestro para todos nosotros. No necesito recordarles cómo nos quedábamos maravillados cuando danzaba para nosotros.

»Tuve el privilegio de contarme entre sus discípulos. En las sesiones que compartíamos, yo me dedicaba a la música y él a la danza, pero, en realidad, cuando él comenzaba a moverse, la danza se hacía música, y la música, danza. La danza emanaba de él y fluía por mis manos y mis dedos; también por mi espíritu. Yo era el instrumento que él tocaba. Me exaltaba, como sé por vuestro propio testimonio que los exaltaba a ustedes, y a todos aquellos con quienes se ponía en contacto.

»De él aprendí la pieza que voy a tocar ahora. Cuando termine, observaremos un minuto de reflexión silenciosa. Luego nos iremos, llevando con nosotros el recuerdo de su música.

Arroyo se sienta al órgano y comienza a tocar. De inmediato, él reconoce el compás, la medida. Es la medida del siete, elaborada con una dulzura y una gracia insólitas. Busca la mano de Inés y la toma en la suya; cierra los ojos y se entrega a la música.

Se oye un taconear súbito en las escaleras y una ola de jóvenes ingresa de golpe en el estudio. La encabeza María Prudencia, la del orfanato, que porta un letrero clavado en una vara: LOS DESINVITADOS. Detrás de ella, alineados de a pares, vienen el Dr. Fabricante y la señora Devito, y una multitud de huérfanos, que pueden ser unos cien. En el medio, a hombros de cuatro de los muchachos mayores, hay un sencillo ataúd pintado de blanco que ellos llevan hasta el escenario y depositan allí conforme a una maniobra planificada.

El Dr. Fabricante hace una señal con la cabeza y la señora Devito se une en el escenario a los cuatro portadores del ataúd. Durante toda esta escena, Arroyo no hace nada para intervenir; parece desconcertado.

La señora Devito se dirige a la audiencia:

—Amigos: este es un momento triste para todos. Han perdido a uno de ustedes; hay un hueco allí en el medio. Pero les traigo un mensaje de júbilo. El ataúd que ven aquí, transportado a través de las calles de la ciudad desde Las Manos sobre los hombros de estos jóvenes camaradas de David, es un símbolo de su muerte pero también de su vida. ¡María! ¡Esteban!

María y el muchacho alto que la acompaña suben al escenario y, sin decir palabra, ponen el ataúd en posición vertical y hacen deslizar la tapa. El ataúd está vacío.

Entonces habla Esteban. Su voz es vacilante, tiene la cara cubierta de rubor; evidentemente, se siente incómodo.

—Habiendo estado presentes junto al lecho de David durante sus últimos y penosos momentos, nosotros, los huérfanos de Las Manos, decidimos…

Lanza una mirada de desesperación a María, quien le susurra: «… decidimos que honraríamos su partida difundiendo su mensaje».

Es ahora el turno de María, que habla con una compostura insólita.

—Declaramos que este es el ataúd de David y, como pueden ver, está vacío. ¿Qué nos dice eso? Nos dice que él no se ha ido, que está aún entre nosotros. ¿Y por qué es blanco el ataúd? Porque puede parecernos que este es un día triste, aunque en realidad no lo es. Eso es todo. Eso es lo que queríamos decir.

El doctor Fabricante asiente. Los huérfanos vuelven a colocar la tapa del ataúd y lo levantan sobre los hombros.

—Gracias a todos. —La voz de la señora Devito se hace oír por encima del ruido. Tiene una sonrisa que solo se puede calificar de embelesada—. Gracias por permitir que los niños de Las Manos, tantas veces menospreciados y olvidados, tomen parte en este homenaje.

Tan abruptamente como han llegado, los huérfanos se retiran del estudio y bajan las escaleras llevando el ataúd.

A la mañana siguiente, mientras están tomando el desayuno, Alyosha golpea la puerta.

—El señor Arroyo pide disculpas por el caos de ayer. Nos tomaron totalmente de sorpresa. Además, olvidó llevarse esto.

Y le alcanza las zapatillas de baile de David.

Sin decir una palabra, Inés toma las zapatillas y se va de la habitación.

—Inés está alterada —dice él—. No ha sido fácil para ella. Supongo que comprende. ¿Quiere que salgamos un rato? Podríamos caminar un poco por el parque.

Es un día agradable, frío y sin viento. Un grueso colchón de hojas caídas amortigua el ruido de sus pasos.

—¿Alguna vez le mostró David el truco de la moneda? —dice sorpresivamente Alyosha.

—¿El truco de la moneda?

—El truco que hacía: lanzaba la moneda al aire y siempre salía la cara. Diez, veinte veces, treinta veces.

—Debe de haber tenido una moneda con dos caras.

—Lo hacía con cualquier moneda que uno le diera.

—No, nunca me mostró ese truco. Pero solía jugar a los dados con Dmitri hasta que se lo prohibí, y Dmitri decía que David podía tirar un doble seis cuando quería. ¿Qué otros trucos hacía?

—El único que vi es el de la moneda. Nunca pude averiguar cómo lo hacía. Da que pensar.

—Supongo que si uno tiene un control muscular muy fino, puede arrojar una moneda o tirar los dados exactamente de la misma manera todas las veces. Esa debe de ser la explicación.

—Lo hacía solo para divertirnos, pero una vez dijo que, si quería, podía hacer que se desmoronaran las columnas.

—¿Qué se desmoronaran las columnas? ¿Qué diablos quería decir?

—No tengo idea. Usted sabe cómo era él. Nunca decía las cosas directamente. Siempre lo dejaba a uno cavilando.

—¿Le mostró el truco de la moneda a Juan Sebastián?

—No, solo a los niños de su clase. Yo se lo conté a Juan Sebastián, pero no le interesó el asunto. Dijo que nada de lo que hacía David lo sorprendía.

—Alyosha, ¿alguna vez David comentó que tenía un mensaje?

—No.

—Él dividía a la gente en dos grupos: los que estaban preparados para oír su mensaje y los que no. Yo estaba entre los que no: demasiado lento, poca imaginación. Pensé que quizá lo habría colocado a usted en el otro grupo, el de los elegidos. Que podría haberle revelado su mensaje. Le tenía cariño. Y usted también se lo tenía a él. Siempre me di cuenta.

—No le tenía cariño y nada más, Simón, yo lo amaba. Todos lo amábamos. Habría dado la vida por él. De verdad. Pero no me dejó ningún mensaje.

—La última noche que pasé con él habló muchísimo de ese mensaje: hablaba de él sin decir concretamente en qué consistía. Dmitri sostiene ahora que a él le reveló el mensaje completo. Como usted sabe, desde los días de Ana Magdalena, Dmitri siempre sostuvo que había un vínculo especial entre David y él mismo, una afinidad oculta. Nunca le creí… es tan mentiroso. Sin embargo, ahora está haciendo correr la historia de que David dejó un mensaje y que solo él, Dmitri, es el portador.

»Una historia a la que han prestado oídos en especial los niños del orfanato. Seguramente irrumpieron en el homenaje de ayer por ese motivo. Según Dmitri, ellos y todos los huérfanos del mundo eran los destinatarios del mensaje de David, pero murió demasiado pronto para transmitirlo personalmente. Solo él, Dmitri, pudo oírlo completo. Utiliza a su amiga del hospital para difundir esa historia. Usted la vio ayer, esa mujer bajita de pelo rubio. Respalda todo lo que dice Dmitri.

—¿Y cuál es el mensaje, según Dmitri?

—No lo dice. Y no me sorprende. Siempre procede así: deja en ayunas a sus contrincantes. En mi opinión, todo es una estafa. Si hay algún mensaje, lo inventó él mismo.

—Pensaba que Dmitri fue sentenciado a prisión perpetua. ¿Cómo es que está libre?

—Vaya a saberlo. Proclama que ha visto el error de sus caminos y se ha arrepentido. Dice que es un hombre nuevo, reformado. Suena plausible. La gente quiere creerle o darle, al menos, el beneficio de la duda.

—Tendría que oír lo que dice de él Juan Sebastián.

Esa noche, él habla con Inés.

—¿Alguna vez David te mostró un truco que hacía, eso de lanzar una moneda y conseguir que siempre saliera cara?

—No.

—Alyosha dice que solía hacerlo con sus compañeros. ¿Alguna vez te habló de un mensaje que iba a dejar?

Inés lo mira.

—¿Es que todo tiene que salir a plena luz, Simón? ¿No puedo conservar un rinconcito que sea mío solamente?

—Discúlpame. No tenía idea de que sentías las cosas de esa manera.

—No tienes idea de qué siento sobre nada. ¿Alguna vez se te ocurrió cómo me sentí cuando esa gente del hospital me hizo a un lado —«Buscamos a la madre; usted no es la madre de verdad, retírese»—, como si David fuera un expósito, un huérfano? Puede ser que a ti te sea fácil tragarte insultos como ese; a mí, no. En cuanto a mí, me arrebataron a David cuando más me necesitaba, y nunca voy a perdonar a la gente que lo hizo. Nunca, al Dr. Fabricante tampoco.

Es evidente que ha puesto el dedo en la llaga. Intenta tomarle la mano, pero Inés lo rechaza irritada.

—Vete. Déjame en paz. Solo empeoras las cosas.

Las relaciones con Inés nunca fueron fáciles. Aunque hace más de cuatro años que viven en Estrella, ella no se ha afincado, sigue inquieta, no es feliz. Las más de las veces, le echa a él la culpa de su desazón: él la arrancó de Novilla y de la agradable vida que llevaba junto a sus hermanos. No obstante, David no pudo haber tenido una madre más devota. Él también fue devoto, a su manera. Pero siempre se dio cuenta de que algún día el niño se desembarazaría de él para siempre («No puedes decirme lo que tengo que hacer. No eres mi padre»). En el caso de Inés, el lazo parecía mucho más fuerte y más profundo, mucho más difícil de cortar.

A Inés la irritaba la pérdida de libertad que era el precio de la maternidad pero, con todo, se dedicó incondicionalmente a su hijo. Aunque hubiera allí una contradicción, no parecía tener dificultades en convivir con ella.

En un mundo ideal, ellos dos se habrían amado tanto como amaban al hijo. En el mundo menos ideal en el que se encontraban, la irritación que bullía en el interior de Inés tenía sus válvulas de escape, que tomaban la forma de actitudes frías o rabia contra él, Simón. Y él respondía ausentándose. Ahora que el niño ya no estaba, ¿cuánto tiempo más podrían seguir juntos?

A medida que pasa el tiempo, Inés recuerda cada vez más explícitamente la época de La Residencia. Extraña el tenis, dice, extraña la natación, extraña a sus hermanos. En particular al más chico, Diego, cuya novia está esperando su segundo hijo.

—Si eso es lo que sientes, tal vez deberías volver —dice él—. Al fin y al cabo, ¿qué hay en Estrella que te retenga, aparte de la tienda? Todavía eres joven. Tienes la vida por delante.

Inés sonríe con aire misterioso, parece a punto de decir algo, pero se calla.

—¿Has pensado que deberíamos hacer con la ropa de David? —pregunta él una de esas silenciosas noches que pasan juntos.

—¿Me estás proponiendo que la done a ese orfanato? De ninguna manera. Preferiría quemarla.

—No era eso lo que proponía. Si las donamos al orfanato, es muy probable que la pongan en vitrinas como si fueran reliquias. No. Estaba pensando en regalarla a una institución de caridad.

—Haz lo que quieras, pero no me hables del asunto.

No quiere hablar de lo que harán con las ropas del niño, pero él se ha dado cuenta de que el plato de Bolívar desapareció de la cocina, y también el almohadón donde dormía.

Un día, cuando Inés no está en casa, él acomoda la ropa en dos maletas, desde la blusita con volados y los zapatos con tiritas que Inés le compró cuando lo adoptó, hasta la camiseta blanca con el número nueve en la espalda que llevaba puesta el dichoso día en que fue a jugar fútbol a Las Manos.

Hunde la cabeza en la camiseta del niño. ¿Es pura imaginación suya o la tela conserva aún el leve olor a canela de la piel del niño?

Golpea la puerta de la casa del conserje. Abre su mujer.

—Buen día —dice él—. No nos conocemos. Soy Simón, vivo en el A-13, al otro lado del patio. Mi hijo, David, solía jugar al fútbol con el suyo. No lo tome a mal, pero sé que tiene hijos pequeños. Mi esposa y yo nos preguntamos si no aceptaría la ropa de David. Si no, se arruinará. —Abre la primera maleta—. Como puede ver, está todo en muy buen estado. David era cuidadoso.

La mujer parece aturullada.

—Lo lamento —empieza—. Quiero decir, lamento la pérdida que han tenido.

Él cierra la maleta.

—Disculpe. No debería haberle preguntado. Fue una tontería.

—Hay una institución de caridad en la calle Rosa, junto a la oficina de correos. Seguramente estarán muy contentos de recibir la ropa.

A veces, Inés no vuelve a la casa hasta pasada la medianoche. Él espera despierto, atento al motor del coche y al ruido de sus pasos cuando sube la escalera.

Una de esas noches, los pasos se detienen junto a su puerta, la de él. Ella golpea. De inmediato ve que está muy agitada. Tal vez ha tomado en exceso.

—No soporto más, Simón —dice, y se echa a llorar.

Él la abraza. La cartera cae al piso. Ella se libera del abrazo y la levanta.

—No sé qué hacer. No puedo seguir así.

—Siéntate —dice él—. Voy a preparar un té.

Ella se desploma en el sofá, pero un instante después se pone nuevamente de pie.

—No hagas el té. Me voy.

Él la detiene en la puerta, la lleva al sofá y se sienta a su lado.

—Inés, Inés. Has sufrido una pérdida terrible; los dos hemos sufrido una pérdida terrible. Estás fuera de ti, no puede ser de otro modo. Somos seres mutilados. No tengo palabras para aliviar tu dolor, pero si necesitas llorar, puedes hacerlo sobre mi hombro. —La sostiene mientras ella solloza.

Es la primera noche de tres que pasan juntos, que duermen juntos en la misma cama. No se trata de sexo, pero en la tercera noche, protegida por la oscuridad, Inés comienza a contar su historia primero con vacilación y luego con mayor fluidez. Es una historia que se remonta al día en que el idilio que era la vida en La Residencia llegó a un abrupto final con la inesperada y poco grata aparición de un hombre extraño que llevaba de la mano a un niño.

—Parecía tan desamparado, tan indefenso, metido en esa ropa que le ponías y le sentaba mal que sentí que me tocaba el corazón. Hasta ese día jamás me había imaginado como madre. Nunca había sentido eso que comentaban las otras mujeres, el ansia, el deseo de tener hijos. Pero había tal súplica en esos ojos grandes que me miraban que no pude resistir. Si hubiera podido ver el futuro, si hubiera sabido el dolor que consentía aceptando, me habría negado. Pero en ese momento no pude decir nada más que: «Me has elegido, pequeño. Soy tuya, tómame».

Él no recuerda así las cosas. Según él, hubo que usar mucha persuasión y hacer muchos ruegos para que Inés aceptara. Le gustaría decirle: «No es que David te haya elegido precisamente, Inés (no lo hace porque sabe por experiencia que contradecirla no es prudente). Te reconoció. Reconoció en ti a su madre. A su vez (eso le gustaría seguir diciendo aunque no lo hace), quería que tú, quería que los dos lo reconociéramos a él. Eso es lo que pedía una y otra vez: que lo reconocieran. Aunque (le gustaría decir en conclusión) está más allá de mí entender cómo se puede esperar que una persona común reconozca a alguien que jamás ha visto». Pero Inés continúa con su monólogo.

—Fue como si, de golpe, viera claro mi futuro. Hasta ese momento, cuando vivía en La Residencia, siempre me sentí algo extraña, algo aislada, como si flotara. De pronto, me trajeron a tierra. Había que hacer algo. Tenía que encargarme de una persona. Tenía una meta. Y ahora... —Se interrumpe y él adivina en la oscuridad que lucha contra las lágrimas—. Ahora, ¿qué queda?

—Tuvimos suerte, Inés. Podríamos haber vivido una vida ordinaria, cada uno en su ámbito, y sin duda habríamos hallado cierto solaz, pero no habría sido gran cosa. En cambio, tuvimos el privilegio de que nos visitara un cometa. Recuerdo algo que me dijo Juan Sebastián no hace mucho: llegó David y el mundo cambió; David se fue y el mundo ha vuelto a ser como era. Eso es lo que no podemos soportar: la idea de que ha desaparecido, de que no queda nada de él, de que podría no haber existido. Sin embargo, eso no es verdad. ¡No es verdad! Puede ser que el mundo sea como era antes, pero también es diferente. Debemos aferrarnos a esa diferencia, aun cuando no podamos verla por ahora.

—Esos primeros meses fueron como hallarme en un cuento de hadas —sigue diciendo Inés. Habla en voz baja, como en sueños, y él duda de que lo haya oído—. Una luna de miel, así fue para mí, si es que se puede tener una luna de miel con un niño. Nunca me había sentido tan satisfecha, tan plena. Él era mi caballerito. Lo miraba durante horas mientras dormía, bebía esa imagen con tanto amor que me dolía. Tú no lo entiendes, ¿no es cierto?, el amor de una madre. ¿Cómo podrías entenderlo?

—No. ¿Cómo podría? Aunque advertí desde el primer momento cuánto lo amabas. No eres una persona demostrativa, pero cualquiera podía verlo, incluso la gente extraña.

—Fueron los mejores días de mi vida. Después, cuando empezó a ir a la escuela, las cosas se hicieron más difíciles. Empezó a alejarse, a resistirse, pero no quiero hablar de esa parte.

No es necesario. Él recuerda muy bien esos días y la eterna cantinela: «No puedes decirme qué tengo que hacer. No eres mi verdadera madre».

Por encima del espacio que lo separa de ella en la cama, a través de la oscuridad, él le dice:

—Él te amaba, Inés. Pese a todo lo que haya dicho con su temperamento impulsivo. Era tu hijo, tuyo y de nadie más.

—No era mi hijo, Simón. Lo sabes tan bien como yo. Y menos aún hijo tuyo. Era una criatura silvestre, una criatura del bosque. No le pertenecía a nadie. Sin duda, no nos pertenecía a nosotros.

«Una criatura silvestre»: esas palabras le causan un sobresalto. No la habría creído capaz de semejante intuición. Inés está llena de sorpresas.

Y así termina la larga confesión de Inés. Sin tocarse, manteniendo una distancia prudente, se entregan al sueño. Ella primero; él después. Cuando él se despierta por la mañana, ella se ha ido, y no regresa.

Algunos días más tarde, él encuentra un papel que han pasado por debajo la puerta. Es letra de ella: «Hay un mensaje de Alyosha para que llames a la Academia, Por favor, no me incluyas».

22

–Tengo una propuesta que hacerle –dice Alyosha–. Surgió de los niños, de los amigos de David, y tiene la aprobación de Juan Sebastián. Quieren que presentemos un espectáculo en memoria de David. Algo digno pero no demasiado lúgubre, no tan triste. Solo para los niños de la Academia y sus padres, de modo que podamos homenajearlo como corresponde, sin interferencias. ¿Nos daría permiso?

Según dice después, el plan nació de los hijos de Juan Sebastián, Joaquín y Damián. Al principio solo habían propuesto un espectáculo de danzas en las que se evocaría a David; luego agregaron sketches cómicos, episodios de la vida de David.

–Quieren que sea algo alegre, propio de niños. No quieren que lloremos sino que recordemos a David tal como era. Ya lloramos demasiado, dicen.

–David tal como era –dice él–. ¿Cuánto saben los niños de la Academia acerca de la vida real de David?

–Lo suficiente. Es un entretenimiento de final de curso, no un proyecto de investigación histórica.

–Si Juan Sebastián propone en serio este espectáculo, tengo una propuesta alternativa que hacerle. Podríamos comprar un asno y recorrer el país dando funciones. Él podría tocar el violín; yo podría bailar. Podríamos llamarnos «Los Hermanos Gitanos» y poner al espectáculo el nombre de *Hechos de la vida de David*.

Alyosha vacila.

—No creo que la idea le agrade a Juan Sebastián. No creo que tenga tiempo para hacer una gira.

—Era una broma, Alyosha. No se la mencione a Juan Sebastián. No le resultará graciosa. Así que quiere hacer un segundo homenaje. Déjeme hablar con Inés y ver qué le parece.

Alguna vez, él, Simón, había tenido grandes expectativas con respecto a Alyosha. Pero el bello y joven maestro lo ha decepcionado un poco: demasiado pedestre en su pensamiento, demasiado literal. Dice que es un admirador de David, pero, ¿cuánto podía ver del David real, tan cambiante?

Al principio, Inés se niega a dar su permiso. Siempre tuvo reservas con respecto a la Academia, con respecto a la formación que ofrece (frívola, poco sólida), con respecto incluso al señor Arroyo (distante, altanero) y con respecto a la escandalosa relación entre la señora Arroyo y el conserje de la escuela, relación que Inés no ha olvidado ni por un instante. Él hace todo lo que puede por convencerla.

—Es una propuesta de los niños —le dice—. No puedes castigarlos por los defectos de la Academia. Amaban a David y quieren hacer algo en su memoria.

A regañadientes, Inés acepta.

El espectáculo, que se realiza por la tarde y se anuncia con muy poca anticipación, convoca a un número de padres sorprendente. Arroyo no habla para el público ni aparece en el escenario. Quien presenta la función es Joaquín, su hijo mayor, ahora un joven de catorce años de aspecto serio e, incluso, intelectual. Se dirige al público sin asomo de nerviosismo.

—Todos conocemos a David, de modo que no necesito explicar quién fue. La primera parte del programa se llama *Hechos y dichos de David*. La segunda estará dedicada a la danza y la música. Eso es todo. Espero que lo disfruten.

Suben al escenario dos niños. Uno lleva en la cabeza una guirnalda con una enorme letra D pintada con tinta. El otro está vestido con la toga y el birrete académicos. Por debajo de la toga, le han atado un almohadón grande a la cintura para simular que es panzón.

—Muchacho: ¿cuánto es dos y dos? —pregunta el fingido maestro con voz tonante.

—¿Dos y dos qué? —responde el que hace de David.

—¡Si será tonto este niño! —exclama el maestro exasperado en un aparte en voz alta—. Dos manzanas y dos manzanas, muchacho. O dos naranjas y dos naranjas. Dos unidades y dos unidades. Dos y dos.

—¿Qué es una unidad? —pregunta David.

—Una unidad es cualquier cosa; una manzana, una naranja; cualquier cosa del universo. ¡No abuses de mi paciencia, niño! ¡Dos y dos!

—¿Moco, por ejemplo? —dice David.

El público estalla en risas. El niño que hace de maestro también se echa a reír y el almohadón se le cae sobre el escenario. Más risas. Los dos chicos hacen una reverencia y salen.

Otros dos actores suben ahora. El niño que había representado a David vuelve corriendo y entrega la guirnalda, que se pone uno de los recién llegados.

—¿Qué tienes ahí atrás? —dice el que hace de David.

El otro muestra lo que ha estado ocultando: un tazón lleno de caramelos.

—Te hago una apuesta —dice David—. Voy a tirar una moneda al aire; si sale cara, tienes que darme un caramelo; si sale cruz, tengo que darte todo.

—¿Todo? —pregunta el otro—. ¿Qué quieres decir con «todo»?

—Todo lo que hay en el universo —contesta David—. ¿Aceptas?

Arroja la moneda.

—Cara —dice David, y el otro niño le da un caramelo—. ¿Otra vez?

El segundo chico asiente. David vuelve a arrojar la moneda.

—Cara —dice David, y extiende la mano para recibir el caramelo.

—No es juego limpio —dice el otro—. Es una moneda para trucos.

—No —dice David—. Dame tú otra moneda.

Aparatosamente, el segundo niño saca una moneda del bolsillo. David la arroja al aire.

—Cara —dice, y extiende otra vez la mano.

El juego se acelera: David arroja la moneda, anuncia que es cara, pone la mano y el otro le da un caramelo. Al rato, el tazón está vacío.

—¿Qué vas a apostar ahora? —dice David.

—Apuesto la camisa —dice el otro.

Y así pierde la camisa, un zapato, luego el otro. Por fin, queda en calzoncillos. David vuelve a arrojar la moneda, pero esta vez no dice nada —ni «cara» ni «cruz»—, pero sonríe significativamente. El otro niño rompe a llorar. ¡Buu, buu! Y los dos hacen una reverencia en medio de aplausos atronadores.

Llevan al escenario un catre de hierro cubierto con una sábana. El más pequeño de los hijos de Arroyo, con bigotes, barba puntiaguda, enfundado en una camisa de dormir que le llega hasta los tobillos, se tiende sobre el catre, cruza los brazos sobre el pecho y cierra los ojos. Entra Alyosha, que lleva un sobretodo oscuro.

—Pues bien, don Quijote —dice Alyosha—. Ahí estáis, en vuestro lecho de muerte. Es hora de que hagáis las paces con el mundo. Basta de matar dragones y rescatar doncellas. ¿Reconocéis que esa vida de caballero andante no era más que una tontería?

Don Quijote no se mueve.

—El gigante contra el cual vos arremetisteis, vos y Rocinante, no era en realidad un gigante sino un molino de viento. No había nada real en esa vida de aventura que llevabais. Era todo un espectáculo para entretenernos. Lo sabíais ¿verdad? Erais un actor, representabais un papel, y nosotros éramos vuestro público. Pero ahora el espectáculo se ha acabado. Es hora de colgar la espada. Es hora de confesar. ¡Hablad, Don Quijote!

Con la barba algo torcida, Damián Arroyo se incorpora en la cama exagerando la torpeza y decrepitud. Con una voz temblona exclama:

—¡Traedme a Rocinante!

De bastidores, sale un caballo: son dos niños agachados cubiertos con una alfombra roja. Solo se ven las piernas y una cabeza de caballo hecha con papel maché.

—¡Alcanzadme la espada! —ordena Damián.

Sube al escenario un niño vestido de negro que lleva una espada de madera pintada y se la alcanza.

Damián baja de la cama, avanza de cara al público y levanta la espada.

—¡Adelante, Rocinante! —vocifera—. Mientras haya doncellas que rescatar, ¡no cejaremos! —E intenta montar sobre Rocinante. Los dos niños que sostienen la alfombra se tambalean y caen. La cabeza del caballo golpea contra el piso. Damián blande la espada por encima de su cabeza. Se le cae la barba, pero conserva los bigotes—. ¡Adelante! —exclama de nuevo.

Enorme regocijo en el público. Alyosha abraza a Damián, lo levanta y lo muestra a los espectadores. Él, Simón, se vuelve hacia Inés. Las lágrimas corren por sus mejillas, pero está sonriendo. Él le toma la mano.

—¡Nuestro hijo! —murmura en su oído.

Dos ayudantes llevan al escenario una gran caja de cartón, uno de cuyos lados ha sido eliminado. De entre bastidores sale un niño con el rostro descarnado y pintado de blanco. Lleva una toga negra y una peluca verde. Se mete en la caja y se queda allí en silencio, con la cabeza gacha.

Se oyen tambores y aparece Joaquín en el escenario. Tiene puesta la guirnalda con la letra D, lleva un pesado bastón y marcha majestuosamente. Se sienta en una silla frente a la caja. Se dirige al niño que está adentro.

—Su nombre es Lobo.

—Sí, señor —responde la figura de negro, aún con la cabeza gacha.

—Su nombre es Lobo y se lo acusa de devorar a un pobre cachorro que no le hizo ningún daño, que solo quería jugar. ¿Cómo se declara?

—Culpable, señor. Y pido vuestro perdón. Es mi naturaleza devorar animales pequeños, corderos, cachorros y gatitos. Cuanto más inocentes, más me apetecen. No puedo evitarlo.

—Si su naturaleza es devorar cachorros, la mía consiste en emitir juicios. ¿Está listo para ser juzgado, Lobo?

—Sí, señor. Quiero que me juzguen con rigor. Que me azoten con látigos. Quiero sufrir por mi mala naturaleza. Solo pido que una vez administrado el castigo me perdonen.

—No, Lobo. No será perdonado mientras su naturaleza no cambie. Y ahora voy a pronunciar la sentencia. Se lo sentencia a devolver a la vida el cachorro que devoró.

—¡Buuu! —dice el niño vestido de negro enjugándose ostensiblemente las lágrimas—. Así como no está en mi poder cambiar mi naturaleza, por mucho que quiera tampoco puedo devolver el cachorro a la vida. El cachorro fue desmembrado y masticado y tragado y digerido. Ya no existe. No hay tal cachorro. Lo que era un cachorro se ha convertido en parte de mí. Lo que usted exige es imposible.

—¡Se equivoca, Lobo! ¡Al rey del mundo todo le es posible! —El actor se levanta y da dos o tres golpes con el bastón—. ¡Decreto que el cachorro vuelva a la vida!

Alarmado, asustado, el niño vestido de negro se acurruca en el interior de la caja de modo que solo se ve de él el horroroso pelo verde. Se oyen ruidos como de alguien que vomita, una arcada tras otra. Desde el fondo de la caja, surge una pequeña figura que él reconoce enseguida como Perrito, el niño de los departamentos. Borracho de alegría, Perrito da cabriolas por el escenario y el público ríe y da vivas.

Tomados de la mano, los tres actores saludan: Perrito, el niño de la peluca verde y el que lleva la guirnalda con la letra D.

La función teatral ha terminado. Retiran los trastos del escenario. En el órgano, Arroyo improvisa una delicada melodía. El público se calma. Salen a escena los dos hijos de

Arroyo con sus mallas y zapatillas de baile. El menor comienza la conocida danza del tres. Luego, a medida que la música se vuelve más compleja, el mayor inicia la danza del cinco. Respondiendo a dos ritmos diferentes, trazan círculos uno alrededor del otro.

Por encima del ritmo del tres y del cinco, surge del órgano un ritmo que se entrecruza con los dos anteriores. Al principio, él no puede identificarlo. Hay demasiado en esa música, piensa, demasiado para que su mente pueda seguirlo. Percibe la misma confusión en Inés y en la gente que lo rodea.

Los dos chicos de Arroyo prosiguen sus elegantes movimientos, giran uno en torno al otro pero en círculos cada vez más amplios, hasta que el centro del escenario queda vacío. La música también empieza a simplificarse. Primero desaparece el ritmo del cinco; luego, el del tres. Solo queda el siete, que prosigue durante cierto tiempo. El público se distiende. La música se hace cada más suave, hasta que cesa. Los dos muchachos están quietos, con la cabeza inclinada. Se van apagando las luces; el escenario queda a oscuras: ha terminado la danza.

Arroyo mismo cierra el espectáculo tocando el violín. No tiene mucho éxito. El público está intranquilo, hay todavía demasiada excitación en el aire y esa música apacible, reflexiva, no es fácil de seguir: como un ave indecisa, parece que no pudiera elegir dónde posarse. Hay aplausos cuando termina, pero en ellos se advierte también bastante alivio.

Los padres de los niños se les acercan.

—¡Qué espectáculo hermoso! ¡Tan conmovedor!… ¡Qué pérdida! Los acompañamos en el sentimiento… ¡Era un niño tan dulce! Y los hijos de Arroyo estuvieron tan bien, actuaron con tanto talento…

Conmovido por las palabras y gestos amables, él siente el impulso de subir al escenario y volcar su corazón. «Queridos padres, queridos niños, querido señor Arroyo —quiere decir—, ha sido un día inolvidable. La madre de David y yo nos llevamos un recuerdo imperecedero del amor que nutrió a nuestro hijo entre estas paredes. ¡Que la Academia sea muy próspera!» Pero lo piensa mejor, se calla, y espera que el público se disperse.

Arroyo saluda en la puerta, acepta con gravedad las felicitaciones. Inés y él son los últimos en acercarse.

—Gracias, Juan Sebastián —dice Inés tendiéndole la mano—. Nos hizo sentir muy orgullosos. —En su voz hay una calidez que a él lo sorprende—. Gracias, sobre todo, por la música.

—¿Le gustó la música? —dice Juan Sebastián.

—Sí. Tenía miedo de que hubiera trompetas. No me habría gustado.

—A mi torpe manera, señora, intento revelar lo que ha quedado oculto. En esa música no hay espacio para trompetas ni tambores.

Las palabras de Arroyo lo intrigan, pero Inés parece entenderlas.

—Buenas noches, Juan Sebastián —dice.

Con un estilo anticuado, cortesano, Arroyo se inclina y le besa la mano.

—¿Qué quiso decir Juan Sebastián? —le pregunta a Inés en el coche—. ¿Qué es lo oculto que él intenta revelar? Inés se limita a sonreír y mover la cabeza.

23

Queda aún sin resolver la cuestión de los restos mortales. Llama al orfanato y habla con la secretaria de Fabricante.

—La madre de David y yo querríamos hacer una visita al lugar donde está enterrado David. ¿Puede indicarnos dónde es?

—¿Ustedes dos solos?

—Nosotros dos solos.

—Espérenme en la puerta de la oficina y los guiaré. Vengan por favor durante la mañana, cuando los niños están en clase.

Llegan, como les han dicho, a la mañana siguiente. Inés viste totalmente de negro. La secretaria los guía por un sendero que cruza el rosedal dando curvas, hasta que llegan a un lugar donde han puesto tres placas de bronce en la pared de la sala de actos.

—David es el de la derecha —dice ella—. El más reciente.

Se acerca y lee la placa: «David. Recordado con afecto». Lee también las otras dos. «Tomás. Recordado con afecto.» «Emiliano. Recordado con afecto.»

—¿Eso es todo? —pregunta—. ¿Quiénes son Tomas y Emiliano?

—Hermanos que murieron en un accidente hace algunos años. Las cenizas están en un pequeño compartimento, detrás de cada placa.

—¿Y eso de «Recordado con afecto»? ¿Es todo lo que puede decir el orfanato? ¿No se menciona el amor? ¿No se habla de recuerdos imperecederos? ¿Ni de la posibilidad de reunión en la otra orilla? –Él se vuelve hacia Inés, en ese severo vestido y poco sentador sombrero negro–. ¿Qué te parece? ¿Es suficiente esa frase para nuestro hijo?

Inés niega con un gesto.

–La madre de David y yo no estamos de acuerdo. No creemos que hablar de «afecto» sea suficiente. Quizá haya sido suficiente para Tomás y Emiliano. No lo sé, pero no lo es para David, para nada. O bien cambian la inscripción o haré que la cambien.

–Esta es una institución pública –dice la secretaria–. Una institución para los vivos, no para los muertos.

–¿Y esas flores? –Señala los ramilletes de flores silvestres colocados debajo de las tres placas–. ¿Las flores también son institucionales?

–No tengo idea de quién las puso. Probablemente, alguno de los niños.

–Al menos hay alguien aquí que tiene corazón.

Le relata a Alyosha la visita al orfanato.

–No esperábamos un monumento, pero el Dr. Fabricante y su gente reclamaron el cuerpo. Se cernían como buitres sobre el cadáver y se apoderaron de él cuando nosotros estábamos todavía atontados por el dolor. Sin embargo, cuando lo tuvieron en sus garras, no pudieron haberse ocupado de él con mayor indiferencia, con menor *afecto*.

–Tiene que tener en cuenta el aspecto político de la situación –dice Alyosha–. En la Academia tenemos problemas, pero muchos más tiene el Dr. Fabricante con todos esos exaltados que debe controlar. Seguramente, habrá oído lo que están haciendo en la ciudad.

–No. ¿Qué están haciendo?

–Entre ellos hay bandas que van de una tienda a otra volcando las vitrinas y arengando a los comerciantes por cobrar mucho. A gritos, reclaman «¡Precios justos!». En una tienda de mascotas, abrieron las jaulas y dejaron a los animales en libertad: perros, gatos, conejos, serpientes, tortugas. También a los pájaros. Solo quedaron los peces de colores. Hubo que llamar a la policía. Todo eso en nombre de los precios justos, en nombre de David. Algunos de ellos declaran que han tenido visiones místicas, en las cuales se les aparece David y les da sus mandatos. Ha dejado una impronta innegable. No me sorprende. Usted sabe cómo era David.

—No tenía noticia de todo esto. En el periódico no hay nada al respecto. ¿Por qué dice que David ha dejado su impronta?

—Mírelo a través de los ojos de ellos, Simón, a través de los ojos de niños que han vivido siempre en una institución, sometidos a su régimen, que apenas han tenido acceso al mundo en general. De pronto, aparece entre ellos un niño con ideas extrañas e historias fantásticas, un niño que no ha ido nunca a la escuela, que nadie ha subyugado, que no teme a nadie y menos que a nadie a sus maestros, que es bello como una muchacha y tiene, sin embargo, dotes para el fútbol, un niño que cae entre ellos como una aparición y que luego, antes de que se acostumbren a él, es presa de una enfermedad misteriosa. Un niño que luego les es arrebatado y que jamás vuelve al orfanato. No debe sorprendernos que creyeran el cuento de Dmitri de que los médicos lo mataron. No debe sorprendernos que lo convirtieran en un mártir y construyeran una leyenda.

—¿Que los médicos lo mataron? ¿Los del hospital? ¿Eso es lo que dice Dmitri? ¿Por qué habrían querido matarlo? No son mala gente. Incompetentes, nada más.

—Según Dmitri, las cosas son distintas. Según él, los médicos hicieron circular una historia sobre un tren que iba a llegar de un momento a otro y que traía sangre para salvar a David. Luego utilizaron esa historia como excusa para extraerle sangre hasta que David se consumió y murió.

—Me deja estupefacto. ¿Dmitri acusa ahora a los médicos de vampiros?

—¡No, no: nada tan anticuado! Lo que él dice es que conservaban la sangre de David en ampollas que guardaban en un lugar secreto para utilizarla después en sus nefandas investigaciones.

—¿Pese a estar internado en un pabellón psiquiátrico, Dmitri se las arregla para difundir semejantes estupideces por toda la ciudad?

—No sé cómo se difunde la historia, pero, sin duda, los niños del orfanato se enteraron por él, y de allí se ha ido propagando, como si tuviera vida propia. Con respecto a la placa que usted vio en la pared y la expresión «con afecto», tiene que sopesar la situación del Dr. Fabricante. Si estimula demasiado a los exaltados, corre el riesgo de que el orfanato se transforme en un santuario, en terreno propicio para todo tipo de superstición.

—Cuando ve lo que se ha desencadenado, Alyosha, ¿no lamenta que la Academia no haya reivindicado a David como suyo y haya dejado que el orfanato se apodere de su figura? Sin la menor duda, David era mucho más un producto de la Academia que de Las Manos.

—Sí y no. Es una pena, estoy de acuerdo, que Las Manos se haya apoderado de su figura. Sin embargo, ni Juan Sebastián, ni yo, ni ningún otro de los maestros veía a David como producto de la Academia. Habría sido una idea ridícula. David nos enseñó mucho más de lo que nosotros le enseñamos a él. Nosotros fuimos sus discípulos, y me incluyo. ¿Recuerda lo que Juan Sebastián dijo en el homenaje antes de que lo interrumpieran, cuando habló del efecto que David obraba sobre él? Lo dijo mucho mejor de lo que podría hacerlo yo. La cuestión era la danza, dijo. De un modo u otro, David traducía todo en danza. La danza era la llave maestra o el lenguaje maestro, salvo que no era un lenguaje en el sentido habitual, con una gramática y un vocabulario y todas esas cosas, que uno pudiera aprender en un libro. Uno podía aprender si lo seguía. Cuando David danzaba, estaba en otra parte, y si uno podía seguirlo, se transportaba también allí, no siempre, pero algunas veces sin duda. No necesito decirle todo esto, usted lo sabe bien. Lamento si soy algo incoherente. Debería hablar con Juan Sebastián.

—No es incoherente en absoluto, mi querido Alyosha. Todo lo contrario: es muy elocuente. La semana pasada, al terminar el concierto, Juan Sebastián dijo algo que me desconcertó. Que en su música intentaba revelar lo oculto. ¿Qué le parece que quería decir?

—¿Se refiere usted a la música que ejecutó ese día? No tengo idea. Pregúnteselo. Tal vez quiso decir que David era una de esas personas de quienes pensamos que tendrán gran influencia en el mundo pero acaban sin tenerla porque su vida se interrumpe. Su vida se interrumpe y quedan ocultos a la vista. Nadie escribe ningún libro acerca de ellos.

—Tal vez. Con todo, no creo que eso fuera lo oculto en el sentido en que lo dijo Juan Sebastián. Pero no importa. Volvamos a lo que conversamos el otro día, el tema del mensaje. David decía que tenía un mensaje pero que no podía transmitirlo. Mientras estuvo en el hospital, como le dije, hablaba de una manera casi obsesiva de ese mensaje, conmigo y con otros. Si lo que usted dice es verdad, si era capaz de expresar todo lo que quería mediante la danza, ¿no podría ser que haya transmitido ese mensaje suyo a través de la danza?

—No me haga esa pregunta a mí, Simón. No soy una persona apta para contestar preguntas tan elevadas. Tal vez transmitir mensajes no sea una facultad de la danza. Tal vez la danza y los mensajes pertenezcan a reinos diferentes. No lo sé. Pero siempre me pareció raro que la enfermedad que terminó matándolo comenzara por tullirlo. Raro y siniestro. Como si la enfermedad tuviera un espíritu propio. Como si quisiera impedir que danzara. ¿Qué piensa usted?

Él pasa por alto la pregunta.

—Como sabrá, Dmitri proclama ahora que es el único poseedor del mensaje. Pese a la obstrucción de los hombres de blanco, dice, David consiguió transmitirle el mensaje: a él y solo a él. ¿No tiene ningún indicio de qué pudiera ser? ¿Los niños de la Academia no tienen nada que decir al respecto?

—No que yo sepa. Lo que sí dicen, lo que parecen aceptar sin cuestionamientos, es que Dmitri fue el más fiel acólito de David. Que estuvo junto a él todos los últimos días. Que habría salvado a David si hubiera podido, se lo habría llevado del hospital a un lugar seguro, pero que los hombres de blanco resultaron demasiados en número y demasiado poderosos.

—De la colega de Dmitri en el hospital, la señora Devito, ¿qué dicen de ella los niños?

—Nada. Todo lo que cuentan se refiere a David y a Dmitri. Desde luego, hace mucho ya que Dmitri forma parte del folclore de la Academia. Nadie quiere ir al sótano de noche por temor de que Dmitri el Coco lo agarre y lo devore. Dmitri, el coco de pelo verde.

—¡Ah! ¡Ese era el personaje del espectáculo, Dmitri el Coco! ¡Desearía no haber visto nunca a ese hombre!

—Si no hubiera sido Dmitri, habría sido alguien parecido a él —dice Alyosha—. Ese tipo de gente abunda, créame.

24

Y llega una carta del mismísimo Dmitri.

Simón:

Habría preferido que habláramos cara a cara, de hombre a hombre, pero no me es fácil ir y venir como una persona normal. No lo será hasta que por consenso general se acepte que he pagado todos mis pecados y ganado el perdón. Por consiguiente, escribo.

Vamos a hablar sin tapujos: nunca te caí bien y tú nunca me caíste bien a mí. Recuerdo perfectamente el día en que nos vimos por primera vez. No me ocultaste lo que sentías. Yo no era la clase de persona que te gusta; no querías saber nada conmigo. Sin embargo, aquí estamos; han pasado varios años pero tu destino y el mío siguen enredados.

Mientras vivió David, respeté su entorno familiar. Si la historia que contabas tú en público decía que los tres constituían una familia feliz, integrada por el padre, la madre y el amado hijo, ¿quién era yo para sembrar dudas?

Pero tú sabes la verdad. Y la verdad es que jamás fueron una familia feliz, ni siquiera fueron una familia. La verdad es que el joven David no era hijo de nadie; era un huérfano a quien, por razones personales, acogiste bajo tu ala y rodeaste con un cerco de espinas para que no pudiera huir y remontar vuelo.

No hace mucho tuve una charla con el Dr. Julio Fabricante, director del orfanato adonde acudió David para refugiarse de Inés y de ti. A su manera, el Dr. Julio es un hombre ocupado, y yo también, así que no fue sencillo encontrarnos. Con todo, hallamos tiempo para vernos y hablar del futuro de David.

Tal vez te preguntes: ¿El futuro de David? ¿Qué futuro puede tener David, que está muerto?

Haremos aquí un alto ante la cuestión de la vida y la muerte, la muerte y la vida. Desde el punto de vista filosófico, en el nivel más elevado o más profundo, ¿qué significa estar muerto?

A tu manera, también tienes algo de filósofo, de modo que apreciarás la importancia de la pregunta. Debido a la reclusión, yo también tengo ahora algo de filósofo. Como siempre digo, la reclusión es hermana, o medio hermana, de la reflexión. Durante este encierro, he pensado mucho sobre el pasado: sobre Ana Magdalena en particular, y lo que le hice. Sí, lo que yo, Dmitri, le hice a ella. Los médicos siguen presionándome para que crea que estaba fuera de mí cuando lo hice. «En el fondo, usted no es una mala persona, Dmitri —me dicen—. No es malo hasta la médula. No: se vio empujado a hacer lo que hizo por esto o por aquello: porque tuvo un ataque, un arrebato, puede ser que una anticuada posesión demoníaca transitoria. Pero levante el ánimo, lo vamos a poner bien. Le daremos pastillas que lo compondrán para siempre. Tome una de estas pastillas al acostarse y otra al despertarse, pórtese bien, y volverá a ser usted mismo rápidamente.»

¡Son tan bobos, Simón, tan bobos! ¡Que tome una pastilla, agache la cabeza contrito y entonces volveré a ser el que era antes! ¿Qué saben del corazón humano? El niñito sí que sabía. «¡Vete, Dmitri! —me dijo—. ¡No te perdono!» Cuando los médicos me atiborraban de pastillas y consejos amables, me salvó recordar sus palabras: «¡No te perdono!». Si no, ¿cómo habría podido yo sobrevivir a los cuidados médicos y salir ahora incólume?

Los restos del niño están ahora en un muro del orfanato que da a un rosedal; según me aseguró el Dr. Julio, un lugar muy apacible. Por mi parte, no soy partidario del horno que abrasa, pero el Dr. Julio me dice que cremar siempre fue la política de esa institución, y ¿quién soy yo para cuestionar las políticas? Si me hubieran consultado, habría votado por enterrar los restos sin quitarles nada, en una tumba a la antigua. Como le dije al Dr. Julio, visitar un nicho en una pared no es exactamente lo mismo que visitar una tumba en un cementerio como se debe, donde uno puede imaginarse que el difunto descansa bajo un manto de tierra con una sonrisa en los labios, esperando que se anuncie la próxima vida.

Las cenizas son poco sólidas en comparación con un cuerpo real, ¿no crees? Además, ¿cómo podemos estar seguros de que las cenizas que llegan a nuestras manos desde el crematorio en una humilde urna sean las cenizas del difunto? Pero, como ya dije, ¿quién soy yo para dar indicaciones?

Vuelvo al futuro de David. Él era un muchacho muy especial que cayó por casualidad al cuidado de ustedes, el tuyo y el de la señora. Una responsabilidad para la cual los dos demostraron ser ineptos. No discutamos: sabes bien que es verdad. Pero consuélate: podemos contar una versión más halagüeña de la historia de David, una versión más benévola con vosotros. Sería algo así: nunca hubo la menor intención de que tú, el fiel y fiable Simón, fueras algo más que un actor secundario en la vida de David. Tu papel se limitaba a llevarlo de Novilla a Estrella y entregármelo a mí, Dmitri, y después desaparecer de la escena. ¿Alguna vez lo pensaste de esta manera? Como eres bastante reflexivo, tal vez lo hayas pensado.

Eres una persona honesta, Simón, honesta hasta la exageración. Examina tu corazón. La amarga verdad es que yo, Dmitri, estuve junto al niño durante toda su agonía mientras tú estabas en tu casa descansando, tomando una copa y echándote una siesta. Cuando la enfermera de la noche vino con las pastillas para hacerlo dormir, fui yo quien las hizo desaparecer. ¿Por qué? Por respeto hacia el niño. Porque él tenía miedo de las pastillas, tenía miedo de que lo hicieran dormir, tenía miedo de no volver a despertar. Pese al sufrimiento intolerable (¿sabes hasta qué punto sufría, Simón?, no creo que lo sepas), no quería morir antes de haber transmitido su mensaje.

Y como no quería que el mensaje pereciera con él, decidió confiármelo a mí. Jamás te habría elegido a ti. Habría sido una pérdida de tiempo. «El problema de Simón es que no tiene oídos para escuchar —eso es lo que me repetía siempre—. Simón no reconoce quién soy; no puede comprender mi mensaje.»

Yo reconocía a David y él me reconocía a mí. No hay la menor duda al respecto. Formábamos una dupla, él y yo, como el arco y la flecha, la mano y el guante. Él era el maestro; yo, el siervo. De modo que, cuando le llegó la hora de morir, recurrió a mí, al fiel Dmitri. «Estoy cansado, Dmitri —me dijo—. He terminado con este mundo. Ayúdame. Acúname en tus brazos. Para que no sea tan difícil partir.»

Vuelvo ahora a lo principal. En cierto sentido, David era portador de un mensaje, aunque el contenido del mensaje sea todavía oscuro. Puede ser que no hubiera terminado de formularlo. Puede ser que hubiera una especie de nube en su mente, de la cual iba a surgir el mensaje. Es posible. Pero en otro sentido, el hecho de que tuviera o no una nube en la mente no tiene importancia porque tal vez él mismo, David, haya sido el mensaje.

El mensajero era el mensaje: un pensamiento deslumbrante, ¿no te parece?

Es un escándalo que el mensajero, o el mensaje, o los dos, hayan quedado empotrados en un muro. No podemos permitirlo. Quiero que vayas al orfanato y te lo lleves. No es difícil. Basta con un martillo y un escoplo. Hazlo de noche. Y espera una noche de tormenta, para que el bramido de los elementos cubra el ruido de las herramientas.

Él se fue como un cometa. No soy el primero en hacer esta observación. No es difícil pasar por alto un cometa: basta un parpadeo, un momento de distracción. Y tenemos el deber, Simón, de mantener viva su luz. Sé que no te será fácil robar una tumba. Pero no se trata de una tumba propiamente dicha, sino de un nicho en un muro. Piénsalo así.

Tú y yo no vemos muchas cosas del mismo modo, pero tenemos algo en común: los dos amamos a David y queremos traerlo de regreso.

DMITRI

P.S. Mi correspondencia tiene que superar el escrutinio de un conciliábulo de médicos. Así son las cosas aquí, de modo que no dirijas tu respuesta a mi persona. Dirígela a Laura Devito, amiga de confianza y vehemente devota de David, puedo agregar. Cuando termine todo este lamentable asunto y tengamos oportunidad de hablar tranquilos frente a un vaso de vino, te contaré toda la historia de ella y de mí. Te resultará increíble.

Él rompe la carta de Dmitri en dos y luego en cuatro y luego arroja los fragmentos a la basura. Es curioso el poder que tiene Dmitri para alterarlo y hacerlo hervir de ira. Habitualmente, él es un hombre plácido hasta la exageración. ¿Se irrita acaso porque está celoso de Dmitri, de su pretendida cercanía a David? «Él era el maestro; yo, el siervo.» No son las palabras que usaría él. Con respecto a sí mismo, diría: «Él señalaba el camino; yo lo seguía».

No cree que Dmitri conozca el mensaje de David. Si Dmitri tiene realmente un mensaje, será uno hecho a la medida de sus propósitos: para desacreditar a sus jueces, por ejemplo, y poner fin a esa reclusión (¡hermana de la filosofía!) que le han impuesto. Algo así como: «Bienaventurados los insolentes porque a ellos les fue dado decir la verdad. Bienaventurados los vehementes porque el libro de sus crímenes quedará limpio».

Tres días después de la carta de Dmitri, golpean a la puerta. Es uno de los niños del orfanato: Esteban, el muchacho alto y desgarbado cubierto de granos. Sin decir una palabra, le entrega una carta.

—¿Quién la envía?

—La señora Devito.

—¿Espera respuesta? Porque desde ya puedo decirte que no hay respuesta.

Esteban no dice palabra, pero se pone rojo.

—Entra de todos modos, Esteban. Siéntate. ¿Quieres comer algo?

El chico solo niega con la cabeza.

—Voy a prepararte un sándwich de todos modos. Si no quieres comerlo aquí, puedes llevártelo a Las Manos. Estoy seguro de que no comen mucho allí.

Cautelosamente, Esteban se sienta. Él corta pan en rodajas, las unta con una gruesa capa de mermelada y las coloca frente al muchacho junto con un vaso de leche. Aún rojo, Esteban come.

—Eras amigo de David, ¿no es cierto? Pero no formabas parte del equipo de fútbol. Supongo que no te gusta como deporte.

Esteban dice que no con la cabeza y se limpia los dedos pegajosos en los pantalones.

—¿Qué deporte te gusta más? ¿Cuál es tu ocupación predilecta?

El chico se encoge de hombros con impotencia.

—¿Te gusta leer? ¿Hay biblioteca en Las Manos? ¿Tienes ocasión de leer relatos, relatos inventados?

—A decir verdad, no.

—¿Y qué vas a ser cuando crezcas y te vayas de Las Manos?

—El Dr. Julio dice que puedo ser jardinero.

—Lindo oficio. Los jardineros son buena gente. ¿Eso es lo que quieres ser?

El chico asiente.

—¿Y María Prudencia? Eres amigo de ella, ¿no? ¿Ella también va a ser jardinera? ¿Serán una pareja de jardineros?

El chico vuelve a asentir.

—¿Recuerdas lo que dijiste en el homenaje a David, cuando tú y tus amigos entraron a la Academia llevando el ataúd vacío? Dijiste que querías transmitir el mensaje de David. ¿En qué mensaje estabas pensando?

El muchacho calla.

—No sabes. Todos están convencidos de que David tenía un mensaje para nosotros, pero nadie sabe qué es. Dime, ¿qué es lo que te atraía de David? ¿Por qué María Prudencia y tú viajaban todos los días al hospital para visitarlo cuando estaba enfermo? ¿Qué fue lo que te dio coraje suficiente para ponerte de pie allá en la Academia y dar ese discurso desde el escenario? Porque no creo que te sea fácil dar discursos. ¿Te parece que te inspiró la amistad, que te dio fuerzas? ¿Dirías que lo hacías por amistad? Cualquiera puede ver que María es amiga tuya, pero ¿dirías que David también era amigo tuyo?

El muchacho se encoge de hombros, abochornado y confuso. ¡Cuánto debe de lamentar el momento en que aceptó llevar la carta a este vejestorio que dice ser el padre de David!

—Está bien, Esteban. No te hago más preguntas. Veo que no te gustan. Las hago porque durante años fui el amigo más íntimo de David. Mi única preocupación era su bienestar. Nada más me importaba. No es fácil cuando una amistad así se rompe de golpe. Por eso te hacía esas preguntas. Para poder verlo a través de tus ojos. Para que volviera a la vida para mí. No te enojes. Dile a la señora Devito que no hay respuesta. Y aquí tengo unas galletitas de chocolate para ti. Las pongo en una bolsa. Puedes compartirlas con María Prudencia. Dile que las envía David.

Cuando Esteban se va, él rompe la carta sin leerla y la arroja a la basura. Media hora más tarde, recoge los fragmentos y arma de nuevo la carta sobre la mesa de la cocina.

Simón:
Te hice un pedido sencillo al cual no me respondiste. Tienes tiempo hasta el sábado para actuar. Después, tendré que pedírselo a alguna otra persona.

DMITRI

P.S. Estoy seguro de que sabes que los nombres no tienen importancia. Mi nombre podría haber sido Simón y el tuyo, Dmitri. En cuanto a David, ¿a quién le preocupa ahora cuál era su verdadero nombre, tema por el que hacía tanto alboroto?

Ni en este hospital ni en ninguna otra parte del mundo los nombres mueven las cosas. Los números las mueven. Los números rigen el universo y ese –ahora puedo decirlo– era parte del mensaje de David (pero solo una parte).

No tienes idea de la indiferencia con que se deshacen de los cuerpos aquí en el hospital, post mortem. Nuestra profesión es la vida, no la muerte: ese es nuestro orgulloso lema. Que los muertos entierren a sus muertos.

El punto flaco de David era que no tenía un número, un número auténtico al cual se lo pudiera vincular de manera fiable. No es raro entre los huérfanos carecer de un número. El Dr. Julio me ha contado confidencialmente que de tanto en tanto se ha visto obligado a inventar un número para algún niño a su cargo, puesto que sin número nadie puede acceder a los servicios sociales. Imagínate ahora lo que ocurre en la sala de los muertos (así la llamamos aquí) cuando llega un cadáver sin número o con un número que resulta ser… de ficción, por decir algo. ¿Cómo cerrar un archivo inexistente? Hay allí un cadáver, un cuerpo indudablemente físico, que tiene altura, peso y todas las otras propiedades de un cuerpo, pero la persona, el ser, la entidad a la que pertenecía ese cuerpo no existe, nunca existió. ¿Qué hace uno cuando no es más que un modesto cuidador de cadáveres, situado en el último peldaño de la escala hospitalaria? Imagínalo.

Lo que quiero decir, Simón, es que David no está necesariamente muerto. Algo pasó por la sala de los muertos que indicaba el advenimiento de una ausencia en el mundo, una ausencia nueva, pero esa ausencia no era necesaria ni indudablemente la de David. Hay, sin duda, cenizas en un nicho de una pared junto al río, pero ¿alguien puede decir de quién son? Pueden ser cenizas antiguas recogidas del fondo del crematorio cuando se enfrió y colocadas en una urna. A David lo llevaron en camilla a la morgue: lo viste allí; yo también. Lo que pasó después es confuso, confuso y misterioso. ¿Lo sacaron en una camilla? ¿Salió caminando? ¿Se esfumó en el aire? No hay manera de saberlo, así como no hay manera de conocer la causa de su muerte. La palabra que eligieron los médicos para describir su enfermedad fue «atípica»: pusieron alguna palabra difícil y luego la calificación de atípica. También pudieron haber escrito: «una conjunción maligna de los astros». Como sea, el archivo está cerrado ahora (ponen un gran sello negro cuando cierran un archivo; lo vi con mis propios ojos: ARCHIVO CERRADO). Pero, ¿a quién corresponde ese archivo, en el sentido filosófico? Tal vez no sea más que el archivo de un fantasma conjurado en la oficina del Dr. Julio por razones de conveniencia. En cuyo caso, en el sentido filosófico, no corresponde a nadie. ¿Ves lo que quiero decir? Un mar de confusiones. Un mar de preguntas sin respuesta.

Como te dije, tienes tiempo hasta el sábado.

P.P.S. Nunca estuviste en la cárcel, Simón, de modo que no tienes idea de lo que es estar encerrado sin perspectiva de salir en libertad. ¡Por no hablar de las compañías que tengo! ¡Yo, Dmitri, en medio de una recua de ancianos canosos, encorvados, que se babean y no controlan los esfínteres! ¿Piensas acaso que el pabellón de criminales del hospital es mejor que las minas de sal? Pues te equivocas. Estoy pagando muy caros mis errores, Simón. Y pago todos los días. Tenlo presente.

Lo que anhelamos, lo que todos nosotros anhelamos, es la palabra iluminada que abrirá las puertas de la prisión y nos devolverá la vida. Y cuando hablo de prisión, no me refiero exclusivamente al pabellón de criminales, me refiero al mundo, al ancho mundo. Pues eso es el mundo desde cierta perspectiva: una prisión en la que te vas deteriorando, te encorvas, padeces incontinencia, mueres y luego (si crees en ciertas historias que yo no creo) te despiertas en alguna playa desconocida donde tienes que repetir otra vez toda la función.

Tenemos hambre pero no de pan (eso nos dan de comer todos los benditos días, pan con frijoles en salsa de tomate), sino de la palabra, la palabra flamígera que nos revele por qué estamos aquí.

¿Me comprendes, Simón, o estás más allá del hambre, así como estás más allá de la pasión y el sufrimiento? A veces te imagino como una camisa vieja, arrastrada a través del océano tantas veces que ha perdido todo color, toda sustancia. Desde luego, no me entenderás. Piensas que eres la norma, el señor Normal, y que todos los que no son como tú están dementes.

¿Tienes alguna idea de quién era ese niño que vivía a tu cuidado? Él dice que sabías que era excepcional, pero ¿tienes idea de cuán excepcional era realmente? No lo creo. Era rápido mentalmente y hábil con los pies: eso es lo que tú entiendes por excepcional. En cambio yo, Dmitri, modesto exasistente del museo y ahora quién sabe qué; en otras palabras, yo, nadie especial, supe que él no pertenecía a este mundo; lo supe desde el momento mismo en que puse mis ojos sobre él. Era como esos pájaros —no recuerdo ahora su nombre— que muy de vez en cuando descienden del cielo para que los meros seres terrestres los veamos, y luego levantan vuelo otra vez para continuar su eterno peregrinar. Discúlpame este lenguaje. O, como te dije la última vez, él era como un cometa, que desaparece en un abrir y cerrar de ojos.

Las calles están llenas de locos que tienen un mensaje para la humanidad, Simón. Lo sabes tan bien como yo. Pero David era diferente. Era el auténtico.

Te dije que David me confió su mensaje. Estrictamente, no es verdad. Si lo hubiera hecho, no estaría yo aquí en el pabellón de criminales del hospital escribiéndole a un hombre que me aburre y que siempre me ha aburrido. Estaría libre. Sería un ser libre. No, no me confió su mensaje, no del todo. En sus últimos días tuvo muchísimas oportunidades para hacerlo. Cuando mis tareas me lo permitían, me sentaba junto a su cama, le tomaba la mano y le decía «Dmitri está aquí», y apenas movía los labios, me inclinaba sobre él, listo para escuchar la palabra flamígera. Pero fue en vano. «¿Por qué estoy aquí, Dmitri?» Esas eran las palabras que repetía, en cambio, «¿Quién soy y por qué estoy aquí?».

¿Qué podía decirle yo? Por supuesto, no podía decirle: «No tengo idea, muchachito». Si hubiera tenido que hablar, si hubiera tenido que arriesgar mi impresión, habría dicho: «Malenviado.

Despachado a un destino equivocado en un momento equivocado». Y no iba a arruinarle la vida con semejante idea. Entonces le decía: «Fuiste enviado para salvarme, a mí, a tu viejo amigo Dmitri, que te ama y reverencia y que moriría por ti si fuera necesario. Fuiste enviado para salvar a Dmitri y traer de regreso a tu amada Ana Magdalena».

Pero no era eso lo que él quería oír. No era suficiente para él. Quería otra cosa, algo más grandioso. Me preguntarás qué exactamente. Quién sabe. Quién sabe.

El hecho es que, para él, los pecadores auténticos como el viejo Dmitri eran problemas demasiado sencillos. Él quería salvar a gente como tú, tipos que constituyen un verdadero reto. He ahí al viejo Simón, con su historia más o menos impecable, buena persona aunque no excesivamente buena, sin demasiados anhelos con respecto a otra vida: veamos qué podemos hacer con él.

En los últimos tiempos estaba demasiado débil; esa es la conclusión a la que arribé después de mucho darle vueltas al asunto. Demasiado débil para pronunciar la palabra flamígera, para ti o para mí. Y cuando por fin se dio cuenta de que se acercaba el fin, la enfermedad lo había extenuado demasiado y ya no tenía fuerzas para hacerlo.

¿Sabes que en el peor momento de su enfermedad le ofrecí mi sangre? Ofrecí una transfusión total: que le extrajeran la sangre y le dieran la mía. Pero se negaron, los médicos. «No servirá, Dmitri –dijeron–: no tienes el mismo grupo sanguíneo.» «No entienden –les dije yo–. Estoy dispuesto a morir por él. Cuando uno está dispuesto a morir por alguien, la sangre siempre sirve. La pasión de la sangre consume los diminutos corpúsculos sanguíneos, los incinera de un fogonazo.» Se rieron. «No sabes nada de la sangre, Dmitri –me contestaron–. Vuelve a limpiar los baños. Solo sirves para eso.»

Les echo la culpa. A los médicos. Jamás habría confiado un hijo mío a Carlos Ribeiro. Buen médico para fracturas, apendicitis y esas cosas, pero en un caso atípico como el de David, carente totalmente de inspiración. Y eso es lo que los médicos necesitan en los casos atípicos: inspiración. No sirve echar mano a los libros. Ningún libro te ayuda cuando estás frente a una enfermedad misteriosa. No pretendo saber nada de medicina, pero me las habría arreglado mejor que el Dr. Ribeiro.

Hasta la próxima.

D.

25

—Hay algo que quiero contarte hace algún tiempo, Simón —dice Inés—. Con Paula pensamos que ha llegado el momento de vender la tienda. Ya tuvimos una oferta. Cuando se concrete la venta, nos iremos a Novilla. Pensé que tenía que avisártelo con anticipación.

—¿Se van las dos? ¿Y qué sucede con el marido y los hijos de Paula? ¿Se mudarán también a Novilla?

—No. El hijo está en el último año de la escuela y no quiere mudarse. Se quedará aquí con el padre.

—¿Y ustedes, Paula y tú, se proponen vivir juntas en Novilla?

—Sí. Esa es la idea.

Hace tiempo que él sospecha que Inés y Paula son algo más que socias en la tienda.

—Te deseo la mayor felicidad, Inés. La mayor felicidad y el mayor éxito.

Podría decir más, pero prefiere dejarlo ahí.

Así termina la historia, piensa él después. La historia del humilde proyecto de formar una familia: después de la muerte del niño y la partida de la mujer, queda el hombre solo en una ciudad extraña, haciendo duelo por lo que ha perdido.

No ha tenido relaciones íntimas con una mujer desde los primeros días transcurridos en Novilla, cuando trabajaba como estibador. Nunca sintió deseo físico por Inés. No hay palabras apropiadas para la relación que han tenido: ni marido y mujer, ni hermano y hermana. Quizá lo más aproximado sea «compañeros»: como si, en razón del objetivo común y el trabajo común, se hubiera establecido entre ellos un lazo que no era de amor sino de obligaciones y hábitos. Así y todo, incluso como compañero, incluso en ese estrecho ámbito que ella le dejó compartir, nunca estuvo a su altura, nunca fue lo que ella merecía.

Cuando arribó a esta tierra, el funcionario que lo recibió le dio el nombre de Simón y le adjudicó una edad de cuarenta y dos años. Al principio, esos datos lo divertían: la edad le parecía tan arbitraria como el nombre. Luego, paulatinamente, el número cuarenta y dos tomó un cariz fatal. Su nueva vida se inauguró bajo la prometedora estrella del cuarenta y dos. Pero todavía hay algo que no puede ver, que sigue oculto para él: si el influjo astral del cuarenta y dos llegará algún día a su fin y comenzará el influjo de otro número, tal vez más oscuro, tal vez más brillante. ¿Habrá ya sucedido ese cambio? ¿El día de la muerte de su hijo habrá señalado el fin de la influencia del cuarenta y dos? De ser así, ¿a qué nueva edad ha tenido acceso?

Conoce bastante las matemáticas de la Academia para saber que después del cuarenta y dos no vienen obligatoriamente el cuarenta y tres, el cuarenta y cuatro, el cuarenta y cinco. Las estrellas de la Academia danzan según una música que les es propia y lo mismo sucede con los números. El interrogante es este: ¿qué clase de hombre será él —ese él que se llama o se llamaba Simón— bajo su nueva estrella? ¿Dejará de ser manso, prudente, lerdo? ¿Se transformará (¡demasiado tarde!) en el hombre que debería haber sido el padre adecuado para David: desenfadado, temerario, apasionado? Y en ese caso, ¿cuál será su nuevo nombre?

En cierta época tenía debilidad por Alma, la tercera de las hermanas de la granja. ¿Cómo sería recibido Simón, el solterón, si se apareciera mañana en la puerta de la granja enfundado en su mejor traje, con un ramo de flores en la mano, intentando hacer la corte a la hermana menor? ¿Lo invitarían a pasar las hermanas o, por el contrario, azuzarían al perro para que lo ahuyente?

Unos golpes en la puerta interrumpen sus cavilaciones. Al principio, él no reconoce a la visitante: la toma por una de las vecinas.

—Buenas. ¿En qué puede servirla? —dice él.

—Soy yo, Rita —contesta ella—. ¿Se acuerda? Cuidaba a su hijo en el hospital.

El corazón le da un vuelco. ¿Acaso el destino le está ofreciendo una respuesta a su pregunta, «¿Y ahora, adónde?», una respuesta encarnada en esta mujer joven y bastante atractiva?

—¡Desde luego! —dice él—. ¿Cómo está, Rita?

—¿Puedo pasar? Le traje el libro de David, el que perdió. Hicimos una gran limpieza y lo encontré en la sala del personal. No sé cómo fue a parar ahí. ¿Cómo está, Simón? ¿Cómo está de ánimo? Imposible decirle cuánto extrañamos a David, todos nosotros. Realmente se nos rompió el corazón cuando… ya sabe…

Él le ofrece un vaso de vino, que ella acepta. Por supuesto, el libro que ha traído es *Las aventuras de Don Quijote*, con una nueva mancha oscura en la tapa.

—Debo confesarle —dice la hermana Rita— que estaba indecisa. Al principio quería guardarlo como recuerdo para mí, pero después pensé: Le traerá a Simón tantas cosas a la memoria, que tal vez debería tenerlo él. Y aquí lo traje.

—No puedo decirle cuánto se lo agradezco, Rita. Aunque no lo crea, David aprendió a leer solo, con este libro. Lo sabía de memoria, todo entero.

—¡Qué bien!

Él sigue adelante.

—Usted estuvo con David durante sus últimos días. ¿Le habló alguna vez de un mensaje? ¿Dejó algún mensaje?

—Es curioso que me lo pregunte. Hace muy poco estuvimos hablando de David y de lo que significaba para nosotros. Porque cuando uno lucha por salvar a un paciente y pierde la batalla, como nos ocurrió a nosotros, es bueno aprender de lo que sucedió y llevarse un mensaje para la próxima batalla. De lo contrario, uno se puede sentir muy abatido, créame. En el caso de David, pensamos que la clave de su mensaje era el coraje. Era un niño muy, muy valiente, que sufrió mucho pero jamás se quejó. Hay que ser valientes y afrontar la adversidad con buen temple. Yo diría que ese era su mensaje.

—Hay que ser valientes. Tener temple. Lo recordaré cuando me llegue la hora.

—¿Y su esposa, Simón? ¿Cómo lo está llevando? Ella tenía una relación muy estrecha con David, siempre me di cuenta.

—Inés no es en realidad mi esposa. De hecho, dentro de poco cada uno tomará su propio rumbo. Pero, sin duda, es la madre de David, su verdadera madre, aunque no tenga papeles para demostrarlo. Madre por elección. Inés es su madre. En cuanto a mí, no habiendo nadie mejor, hice el papel de padre. Sí, cada uno tomará su propio rumbo ahora. De hecho, cuando usted golpeó la puerta me preguntaba qué me deparará el futuro. Inés regresa a Novilla; es de allá y tiene familia en la ciudad. Yo me quedo en Estrella. Tengo un trabajo que no es gran cosa, pero me gusta. Reparto mensajes en bicicleta. Distribuyo propaganda por las casas. Supongo que seguiré haciéndolo. Cuando usted golpeó la puerta, me preguntaba quién reemplazaría a Inés en mi vida. Estuvimos juntos casi cinco años; estoy acostumbrado a ella, aun cuando jamás hayamos sido marido y mujer en el sentido habitual.

En ese mismísimo momento se da cuenta de que habla en exceso. De que dice mucho de más y de que Rita evidentemente siente lo mismo porque se mueve incómoda en la silla.

—Ahora tengo que irme —dice ella, y se pone de pie—. Me alegro de haberle devuelto el libro. Espero que Inés y usted pronto tengan paz.

Él la acompaña hasta la puerta y desde allí mira cómo se aleja por el corredor su pulcra figurita.

Hojea el libro que le han traído. La mancha de la tapa —¿será de café?— ha penetrado adentro, de modo que las primeras páginas están pegadas. La encuadernación se está desarmando. Pero las huellas de David, aunque invisibles, están en todas partes. Es una suerte de reliquia.

En la parte interna de la tapa posterior hay un papel pegado que él no había visto antes. En el encabezamiento dice: «Ciudad de Novilla – Bibliotecas municipales» y debajo están impresas estas palabras:

> Queridos niños:
>
> Aquí en la biblioteca queremos saber si nuestros libros han gustado y qué les han dejado a sus lectores.
>
> ¿Cuál es el mensaje de este libro? ¿Qué recordaréis de él más que ninguna otra cosa?
>
> Escribid vuestras respuestas aquí abajo. Esperamos ansiosamente leerlas.
>
> Vuestro amigo, el bibliotecario

En el espacio reservado para las respuestas dos niños han dejado sus comentarios antes de que él llevara el libro en préstamo (y jamás lo devolviera).

El primer comentario dice: «Me gustó Sancho. El mensaje del libro es que deberíamos escucharlo porque él no está loco».

El segundo, dice: «El mensaje del libro es que Don Quijote se murió y no se pudo casar con Dulcinea».

No hay ningún comentario con letra de David. Qué pena. Ahora, nadie sabrá cuál era el mensaje del libro según David ni qué era lo que él más recordaba.